Haus mit Meerblick

Für meine liebe Familie und gute Freunde

GÜNTER TIEDE

Haus mit Meerblick

Roman

Bibliografische Information der Deutschen Nationalbibliothek

Die Deutsche Nationalbibliothek verzeichnet diese Publikation in der Deutschen Nationalbibliografie; detaillierte bibliografische Daten sind im Internet über http://dnb.d-nb.de abrufbar.

© 2021 Günter Tiede

Coverbild: Günter Tiede

Umschlagdesign, Satz, Herstellung und Verlag:
BoD – Books on Demand, Norderstedt
ISBN 978-3-7543-8030-7

Inhalt

Immer wieder kommt er unzufrieden nach Hause. Was soll er nur tun? Seine Arbeit, die ihn viele Jahre ausgefüllt hat, langweilt ihn. Er vermisst die anfänglichen Erlebnisse und Abenteuer, die beruflichen und privaten Herausforderungen. Das täglich Neue, Unbekannte. Die Neugierde auf jeden neuen Tag.

Er hat genug von den Dingen, die sich unweigerlich wiederholen. Und er fragt sich, was er eigentlich aus seinem Leben gemacht hat. Er ist dann in Gedanken in Oebisfelde, seiner Heimatstadt, sieht die Straßen und Plätze seiner Lehrzeit in Stendal, denkt an bestimmte Begebenheiten und Zusammentreffen, hat aber das beunruhigende Gefühl, dass das alles nicht ganz wirklich war. Dass es an ihm vorbeiglitt, ohne ihn mitzunehmen. Und er sinniert, ob es überhaupt stattgefunden hat, fragt sich, ob er überhaupt gelebt oder nur Leben vorbereitet hat. Im besten Fall hat er vielleicht das Leben geprobt.

Was will er eigentlich? Karriere machen? Noch sensationellere Veranstaltungen, noch speziellere Kongresse organisieren, der größte Kulturmanager der Republik sein? Ruhm, Ehre und Anerkennung, immer noch mehr?

Gerald ist jetzt Mitte vierzig, und er möchte etwas tun, was in sich selbst sinnvoll und nicht nur Mittel zum Zweck ist. Wie gern würde er Gedichte schreiben oder einen Roman verfassen, der den Menschen hilft, das Leben zu meistern und glücklich dabei zu sein. Er würde gern Bilder malen, die die Menschen tief in der Seele berühren.

Mehrmals hat er mit dem Schreiben angefangen, es aber nach einiger Zeit wieder aufgegeben. Aus zeitlichen Gründen, wie er meint. Doch viele Künstler haben neben ihrer harten Arbeit nie aufgehört, sich zu verwirklichen. Gerd Gundermann fällt ihm spontan ein. Der Liedermacher hat im Schichtsystem als Baggerfahrer in einem Braunkohlerevier gearbeitet und dabei ans Herz gehende, bleibende Lieder geschrieben.

Wenn er spät abends den Laubenweg zu seinem Haus hochläuft, schaut er in den Himmel. Und ob der nun sternenklar oder tiefschwarz bewölkt ist, immer legt sich etwas Schweres auf sein Gemüt. Es ist ein Dunkel nach dem Ende eines Lebens, ein Dunkel, in dem die Zeit einfach nicht mehr fließt. Er fühlt ein Ende. Etwas ist vorbei. Er hofft, es ist nicht das Leben.

Er erkennt, dass er keine Zeit zu verlieren hat. Jeder Tag, der ins Dunkle fällt, ist für immer verloren.

Ihm werden nun gewisse Dinge mit schmerzlicher Klarheit bewusst.

Sein Herz krampft sich zusammen und droht, seinen Dienst einzustellen. Er atmet tief durch, um weiter zu funktionieren. Er kann nicht so einfach aussteigen, den Stecker ziehen. Dabei fühlt er sich so leer, so ausgelaugt. Bitterkeit und Verzweiflung machen sich in ihm breit.

Die im Dunkeln liegenden Häuser, in denen schon lange das Licht gelöscht wurde, tragen zu dieser Gemütsverfassung bei. Es gibt keine Straßenlaternen, die seinen Weg etwas aufhellen könnten. Mit dem zu Ende gehenden Tag steigt Schmerz wie Nebel von der

Erde auf, und Trübsal versperrt den Blick auf schöne Dinge.

Dabei waren sie voller Optimismus gewesen. Sie träumten von einem Haus am See, schauten sich nach Bauplätzen am Barleber See um. Diesen See liebten Gerald und Silvia. Hier hatten sie nach der Trennung von ihren Ehepartnern ihr erstes Liebesnest in einem Bungalow der Motorenwerke.

Jeden Morgen schauten sie beim Frühstück versonnen auf das Wasser. Doch der See durfte nicht mit einem Wohnsitz bebaut werden.

Nach vielen Besichtigungsterminen fanden sie im Magdeburger Stadtteil Krakow ein Plätzchen.

Wie oft ist Gerald während der Bauphase den Laubenweg entlanggefahren und hat sich, vor dem Bauzaun stehend, euphorisch vorgestellt, wie es wohl sein würde, hier zu leben. Mit eigenem Garten direkt am Haus.

Nach Lust und Laune gärtnern. Die Kräuter, das Gemüse und Obst ins Haus holen, je nach Bedarf. Er wälzte wochenlang Gartenzeitungen und gestaltete in seinen Gedanken sein Gartenparadies.

Er sah sich kniend, umgeben von silbrig glänzendem Salbei, duftender Minze und grasgrünem Rosmarin.

In der Hochhaussiedlung Olvenstedt, in der sie damals wohnten, gab es mehr Beton als Grün. Sie schafften sich einen Garten an und lebten den Sommer über in der kleinen Laube. Sie waren dort glücklich und träumten von einem eigenen Haus. Auf Spaziergängen durch Einfamilienhäuser-Siedlungen schauten sie neidisch über die Zäune und bewunderten das Leben der Eigentümer.

Im Sozialismus ein eigenes Haus – in der Regel unerschwinglich. Häuser hatten in der DDR nur Ärzte, Kombinatsdirektoren, Professoren, bekannte Künstler und die Regierenden.

Die SED-Propaganda lenkte die Wohnwünsche der normalen DDR-Bürger geschickt auf eine Neubauwohnung mit Fernheizung und warmem Wasser aus der Leitung. Die sogenannten Plattenbauwohnungen waren begehrt.

Sie waren damals stolz, als sie eine Vierraum-Neubauwohnung zugewiesen bekamen, und das, obwohl sie zu der Zeit nur ein Kind hatten. Einige Nachbarn, die die kleine Familie lange misstrauisch beäugten, mussten glauben, Gerald hätte Beziehungen spielen lassen. Dabei hatten sie einfach Glück, dass bei einem Ringtausch der Wohnungen aus ihren geschiedenen Ehen eine Vierraumwohnung übrigblieb. Als dann sechs Monate später plötzlich ein Kinderwagen vor ihrer Wohnungstür stand, beruhigten sich die Gemüter.

Erst mit der Wende konnten sie sich ihren Traum vom Haus erfüllen.

Gerald denkt jetzt an seine Kinder, die schon seit Stunden im Bett liegen und die er auch morgen wieder nicht sehen wird. Und er denkt an seine Frau, die mittlerweile nicht mehr aufbleibt, um auf ihn zu warten.

Nach seiner gescheiterten Ehe hatte er seine große Liebe gefunden. Jede Trennung, auch nur für Stunden, empfand er als schmerzvoll, und beide sehnten sich nach dem Augenblick, wieder vereint zu sein. Sie liebten sich dann leidenschaftlich und konnten voneinander nicht genug bekommen.

Und er denkt an seine Freunde, die er wegen seines Fulltimejobs im Kulturhaus nicht wiedergesehen hat.

Nach wiederholten Anrufen hatten sie es aufgegeben, ihn zu kontaktieren. Nie hatte er Zeit, sich mit ihnen zu treffen.

Er steht versonnen vor dem weiß verputzten Einfamilienhaus, und als er durch die schneeweiße Gartentür geht, kommt ihm nur seine Bernhardinerhündin Martha entgegen. Sie wedelt einige Zeit halbherzig mit dem Schwanz, umkreist seine Beine und trottet dann müde zurück in ihre Hütte. Er lächelt dankbar über die treue Seele. Nie hat der Hund schlechte Laune, immer freut er sich, ihn zu sehen.

Er weiß, dass dieses Haus mit seinen Bewohnern und seine Tochter aus erster Ehe, die zwischenzeitlich in Frankreich lebt, das Wichtigste in seinem Leben sind. Er weiß, dass er für seine Familie sorgen muss, der Kredit für das Haus muss zurückgezahlt werden.

Er fühlt sich in einer Zwickmühle gefangen. In seinem Job als Kulturhausleiter kann er nicht kürzertreten. Zu viel hängt allein von ihm ab.

Gerade mit dem Einzug des Kapitalismus gierten Investoren aus den alten Bundesländern nach der Immobilie. Nur wenn er das Haus modernisierte, sich mit attraktiven Veranstaltungen in der Bevölkerung unentbehrlich machte und dabei noch wirtschaftlich arbeitete, hatte die Einrichtung eine Überlebenschance.

Einige Jahre lang liebte er seine Arbeit. Er konnte sich keinen besseren Arbeitsplatz vorstellen. Die Arbeit, oft rund um die Uhr, belastete ihn nicht. Er tat sie gern. Doch da hatte er noch seine erste Frau, die er nach einiger Zeit nicht mehr liebte und irgendwann auch nicht vermisste.

Das änderte sich, als er seine neue Liebe kennenlernte und mit ihr eine neue Familie gründete. Plötzlich gab es etwas Wichtigeres als **das** Kulturhaus.

Immer noch läuft das Kultur- und Kongresszentrum gut. Ausverkaufte Veranstaltungen, gut gebuchte Tagungen und Seminare, ein hervorragend laufendes Restaurant, und das alles mit sehr guten betriebswirtschaftlichen Ergebnissen.

Eigentlich könnte er zufrieden sein. Er erledigt seine Aufgaben mittlerweile mit eingespielter Routine.

Über die Jahre wiederholten sich die Abläufe, sodass er das Gefühl hatte, es gehe nicht weiter. Der Zeitaufwand blieb allerdings der Gleiche. Fünfzehn-Stunden-Tage, Wochenendarbeit, von einem Familienleben konnte nicht ansatzweise die Rede sein. Und auch für Freundschaften, die vor diesem Job immer für ihn wichtig waren, hatte er nun keine Zeit mehr.

Wenn er mal frei hatte, versuchte er, alles nachzuholen. Zoobesuche, Ausflüge, essen gehen. Doch er spürte, wie er sich immer weiter von seinen Kindern und auch von seiner Frau entfernte.

Wenn sie sich über Freunde, sportliche Wettkämpfe, Probleme in der Schule unterhielten, spürte er, dass er ausgeschlossen war. Er wurde nicht nach seiner Meinung gefragt, man erwartete von ihm keine Hilfe, er war nur Zuhörer.

Dabei waren die beiden Kinder Katja und Maren und auch seine Frau sehr verständnisvoll. Sie bemühten sich herzlich, mit ihm umzugehen, und bedauerten ihn immer wieder, dass er so viel arbeiten musste. »Papa muss arbeiten« war in dieser Zeit der am meisten gebrauchte Satz.

Nachdem er die Haustür hinter sich geschlossen hat, öffnet er jede Nacht vorsichtig die Kinderzimmertüren und schaut in die schlafenden Gesichter. Er kann sich nicht sattsehen. Er lauscht dem ruhigen Atem und deckt sie behutsam zu. Mehr ist nicht möglich. Wie gern hätte er sie geweckt, um wenigstens ein paar Worte mit ihnen zu wechseln. Er denkt dann auch an seine Tochter aus erster Ehe, die er nur noch selten sehen kann.

Er geht langsam, schwerfällig die Wendeltreppe hinab und legt sich still neben seine Frau. Wenn sie ihn bemerkt, dreht sie sich zu ihm und nimmt schläfrig seufzend seine Hand. Gerald kann dann lange nicht einschlafen.

Ihm ist jammervoll zumute. Es ist leicht, am Tage über alles erhaben zu sein, aber nachts ist alles anders. Die

Probleme schieben sich zu Bergen zusammen und erdrücken ihn. Ohne die geringste Hoffnung auf Lösung.

Er denkt dabei auch oft an seine Freunde, deren Rat und aufmunternde Worte er schmerzlich vermisst. Mit ihnen war alles so leicht.

Frivolität und Sexgeschichten

Als er nach dem Studium in Berlin Direktor eines der größten Kulturhäuser der DDR wurde, war er happy. Er konnte es nicht glauben, immer wieder meinte er, zu träumen. Auch als der alte Kulturhausleiter ihn an der Hochschule besuchte und ihm die Nachricht überbrachte, war er misstrauisch. Er sollte hundert Mitarbeiter führen? Und vor dem Schulgebäude stand der Mercedes des Ostens, ein rostbrauner Wartburg nebst Fahrer. Der sollte nur ihm zukünftig zu Diensten stehen?

Unglaublich. Sicher hatte er sich öfter vorgestellt, wie es wäre, nicht nur der Arbeiter oder Angestellte zu sein, sondern den Betrieb zu leiten und zu lenken. Mitarbeiter so zu führen, dass das Unternehmen gedeiht und wächst. In dem Werk, wo er als Schlosser arbeitete, hätte **er** dafür gesorgt, dass immer genügend Material vorrätig war und der Produktionsprozess nicht ins Stocken gekommen wäre.

Er hätte verhindert, dass Arbeiter einfach Werkzeug und Material mit nach Hause nahmen, und **er** hätte verboten, dass Kollegen unter Alkoholeinfluss an die Maschinen traten. **Er** hätte die vielen Versammlungen der Partei-, Gewerkschafts- und FDJ-Gruppe und die vielen Pausen in der Arbeitszeit abgeschafft.

Obwohl er glaubte, dass viele seiner Mitstudenten mit ihren schulischen Leistungen und Erfahrungen viel besser geeignet wären, diese Aufgabe zu übernehmen, sollte das jetzt Realität werden?

Ja, er hatte in seinem bisherigen über dreißigjährigen Leben natürlich auch schon etwas vorzuweisen. Nachdem ihn sein Stendaler Betrieb an die Kulturschule Leipzig delegiert hatte, arbeitete er danach als Mitarbeiter eines Stadtkulturhauses und für kurze Zeit sogar als Stellvertretender Leiter im Kulturhaus eines großen Chemiebetriebes.

Aber das nur für kurze Zeit.

Das sollte reichen, um nun ein so großes Haus zu führen?

Als Wolfgang Schlüter, der das Kulturhaus in Magdeburg bereits über zwanzig Jahre leitete, das Hochschulgelände wieder verließ, brach in Gerald ein Jubel aus, der ihn fast zerriss. Erst als er seinem Kommilitonen und Mitbewohner die Neuigkeit aufgeregt mitteilte, wurde er ruhiger.

Hans, zu dem er während des Studiums ein freundschaftliches, ja fast schon brüderliches Gefühl entwickelte, freute sich mit ihm. Er schaute ihn mit leicht angeschrägtem Kopf verschmitzt an, seine Augen strahlten ehrliche Freude aus.

Sein Zimmerkollege klopfte ihm so fest auf die Schulter, dass es wehtat. Wie viele reizvolle Frauen ihm dann wohl unterstellt werden? Welch ein unerschöpflicher Fundus. »Das muss gefeiert werden«, sagte er begeistert und räumte hastig seinen Schreibtisch auf. Obwohl es erst fünfzehn Uhr war und das von der Schule auferlegte Selbststudium noch nicht zu Ende war, packte auch Gerald zögerlich ein. Immer wieder schaute er auf die Zimmertür, hinter der er das Unheil in Form des Seminarleiters erwartete. In ihm arbeitete das schlechte Gewissen. Die Sonne strahlte an dem Tag aber so auffordernd in das gemeinsame Zimmer, dass auch in ihm ein Hauch von Abenteuerlust erwachte.

Er hörte Hans zwischenzeitlich an der Tür des Nachbarzimmers klopfen, und aus dem leisen Murmeln schloss Gerald, dass Hans die gemeinsamen Freunde Horst und Klaus einweihte. Beide stürmten kurz danach mit feierlichen Mienen in das Zimmer und gratulierten Gerald überschwänglich.

Die Zimmer in den Unterkünften waren schmale Handtücher mit jeweils einem Bett links und rechts. Am Fenster stand für jeden ein Schreibtisch und ein Bücherregal, auf dem vorwiegend die Fachbücher ihren Platz hatten. In allen Zimmern: ein fast identisches Bild. Braun eingebundene Bände von Karl Marx und Lenin wurden vom roten wissenschaftlichen Kommunismus und gelben Geschichtsbüchern der Arbeiterklasse flankiert.

Gleich am Eingang stand links ein Kleiderschrank, den sich beide teilen mussten.

Die Tapete mit großen Ornamenten verkleinerte den Raum optisch erheblich. Auch die Tüllgardinen trugen nicht zur Aufwertung bei.

Das Schönste am Zimmer war der Ausblick. In einem kleinen Park standen mehrere Tannen, in denen Amseln und Meisen fröhlich umherflogen und sie morgens mit ihrem Gesang weckten. Aus diesem Grund waren die Gardinen fast immer zurückgezogen.

Klaus und Horst setzten sich erwartungsvoll mit fröhlichen Mienen auf das Bett von Hans, im Rücken ein Wandteppich mit äsenden Rehen auf einer Waldlichtung. Was haben sie gelacht, als Hans den Teppich vor einigen Wochen stolz vorgeführt hatte.

Teppiche an den Wänden kannte man eigentlich nur von den Russen. In den Kasernen, die im Osten Deutschlands fast flächendeckend nach Kriegsende eingerichtet wurden, fehlten sie in keinem Speisesaal oder Kulturraum. Für die Russen, die mehrere Jahre hier Dienst taten, war das ein kleines Stück Heimat. Einigen Deutschen gefiel das. Auch Hans erlag wohl diesem Charme der russischen Innenarchitektur.

Ein Student aus einer nachbarschaftlichen Seminargruppe, der viele Jahre an der deutsch-sowjetischen Erdgastrasse in Sibirien gearbeitet hatte, lobte ihn dafür begeistert. Nur mit Mühe konnte Hans ihn davon abbringen, mit echtem russischem Wodka darauf anzustoßen.

Gerald kann die Gesichter seiner Freunde nach achtunddreißig Jahren noch heute heraufbeschwören. Es ist ihm, als wenn es gestern war. Wenngleich er nicht mehr in der Lage ist, jeden Einzelnen detailliert zu beschreiben, aber das ist ihm weniger wichtig als das Gemeinschaftsgefühl, eine Atmosphäre von Befriedigung, die nicht an nur eine Person gebunden war, sondern zwischen ihnen entstand.

Sie erfreuten sich aneinander, und diese Selbstzufriedenheit ergab sich aus dem richtigen Maß an Selbstbewusstsein, gerade so viel, dass sie sich nicht daran störten, was für eine, für sozialistische Verhältnisse zerzauste, bunt zusammengewürfelte, aufgeweckte Gruppe sie darstellten.

Wenn sie zusammen waren, hatte das, was sie noch nicht getan hatten, aber bestimmt tun würden, eine magische Anziehungskraft.

Eigentlich waren sie damals immer auf der Suche nach Frivolität und Sexgeschichten. Das kam noch vor dem Studium, das im Prinzip nur Mittel zum Zweck war.

Als Gerald die Nachricht bekam, dass er einen Studienplatz in Berlin ergattert hatte, sah er nicht nur rauchende Köpfe über Büchern hockend, sondern ein Meer voll Studentinnen so unendlich und unerschöpflich, so süß und begehrenswert.

Sicher könnten viele Studenten die Stirn runzeln, dass er einen Studienplatz blockierte, weil er sich nur für die Frauen interessierte. Heute wird höhere Bildung nur noch als Sprungbrett für eine lukrative Karriere gesehen, aber damals sahen die Freunde das Leben ein bisschen anders.

Alle vier gingen nicht auf die Uni, um sich primär aufs Arbeitsleben vorzubereiten oder den Grundstein für eine Karriere zu legen. Sie wollten nicht lernen, wie sie einen festen Job ergattern, sondern etwas über die Menschen und die Welt erfahren, sich in Beziehungen stürzen und

Liebe und Zuneigung der Frauen und tiefe Freundschaften erleben.

An die Zeit nach dem Abschluss verschwendeten sie keinen Gedanken.

Gerade von Studentinnen wussten sie, dass sie offen waren für alles Schöne, nicht zugeknöpft, ebenfalls auf der Suche nach geeigneten Partnern. Eine bessere Möglichkeit, Triebe zu befriedigen und dabei geistige Ansprüche nicht zu vernachlässigen, gab es nicht.

Damals suchten sie nicht den Sinn des Lebens, sondern dessen Leichtsinn. Sie wollten sich verlieben. Immer und immer wieder.

Schon in der Schulzeit lief Gerald wochenlang einem Mädchen hinterher.

Sie war eine Klassenstufe höher und so lieblich anzusehen, dass er an nichts anderes mehr denken konnte. Ihre Figur war Richtmaß der sexuellen Fantasien der Jungs seiner Klasse. Hübsch und kurvenreich, versprach sie endlose Lust.

Er war ein dreizehnjähriger pubertierender Junge, der gerade lernte, was das Wort Sehnsucht bedeutet. Tagelang stand er vor ihrem Haus hinter einer Hecke, um wenigstens einen Blick auf sie zu ergattern.

Diese Zeit gehörte wahrscheinlich zu den bewegendsten Phasen seines Lebens.

Täglich sah er das entzückende Mädchen auf dem Schulhof und oft auf dem Nachhauseweg. Ihr makelloser Körper schwang vor ihm hin und her. Ihre schönen Beine zogen ihn magisch an. Was für ein Mädchen! Wie glücklich wäre Gerald gewesen, wenn er mit ihr hätte gehen können.

Aber er sprach sie nie an, begnügte sich mit einem Blick, dem sie auch anderen Mitschülern schenkte. Er hatte panische Angst, den Mund aufzumachen, weil er befürchtete, dass Falsche zu sagen oder kein Wort herauszubekommen.

Doch das änderte sich bald, denn in den folgenden Jahren wurde er mutiger. Er suchte gezielt den Kontakt zu Mädchen. Keiner musste Gerald lange bitten, in die FDJ zu gehen. Hier fanden die meisten Tanzveranstaltungen statt und die Mädchen sahen in ihren blauen Blusen zum Anbeißen aus.

Auch dem FDJ-Singeklub der Schule trat Gerald, ohne lange zu überlegen, bei. Tummelten sich dort doch die hübschesten Mädchen aus der Abiturklasse!

Dass er Kampflieder der Arbeiterklasse singen musste, störte ihn keineswegs.

Bei Auftritten zur Einstufung des Klubs wurde allerdings wiederholt kritisiert, dass er auf der Bühne nicht hinter den Texten stand und sein Erscheinungsbild nicht mit den vorgetragenen Liedern übereinstimmte.

Das hatte wohl vorrangig nicht nur mit seinen langen Haaren und den engen Jeans, sondern mit seinem gelangweilten, phlegmatischen Gesichtsausdruck zu tun. Dabei wollte er nichts weiter als besonders cool wirken.

Die Lieder, die vom Alltag der Arbeiter im Sozialismus

handelten, sollten aber mit Begeisterung vorgetragen werden. Man empfahl ihm, seine Haltung zur Arbeiterklasse zu überdenken.

Dabei war er zu der Zeit selbst Arbeiter, hatte er doch gerade seine Lehre zum Schienenfahrzeugschlosser beendet und war im Reichsbahnausbesserungswerk in drei Schichten tätig. Das ihm diese Arbeit missfiel und er in den Nächten oft Nasenbluten hatte, konnte ja keiner wissen.

Aber vielleicht verzog er deshalb das Gesicht, wenn er über die Erfolge im Produktionsprozess sang. Er spürte die Diskrepanz zwischen Text und Realität. Fast immer hatten sie in der Werkhalle gerade so viel Material, dass sie wenige Stunden arbeiten konnten und die restliche Arbeitszeit regelrecht vergammelten. In den Nachtschichten legten sie sich dann in die Holzwollkisten und schliefen.

Die Freunde beschlossen, umgehend aufzubrechen und das schöne Wetter bei einem Ausflug in das Zentrum Berlins zu genießen.

Da die gesamte Studiengruppe 1A auf einem Flur wohnte, schlichen sich alle vier aus der barackenähnlichen Unterkunft.

Solche vorzeitigen Abbrüche des Selbststudiums kamen immer mal wieder vor, sie hatten darin also Übung. Lärmpegel wie die Schwingtür am Ende des Flurs und die knarrende Hauseingangstür wurden durch behutsam eingespielte Bewegungen im Keim erstickt.

Der Seminarleiter Helmut Jost, der sie mehrmals dabei ertappte, wie sie das Weite suchten, hatte sie ermahnt, vorsichtig zu sein. Er liebte die junge lebenslustige Truppe offenbar und deckte sie, so gut er konnte. Dass sie in den drei Jahren kein Exmatrikulationsverfahren über sich ergehen lassen mussten, hatten sie wohl ihm zu verdanken.

Alle vier waren liebenswerte Zeitgenossen. Sie sahen nur etwas anders als ihre Mitstudenten aus: lange Haare und westliche Mode.

So trug Klaus eine verwaschene Schimanski-Kutte, Horst einen schwarzen Udo-Lindenberg-Hut und Gerald eine runde Beatles-Brille. Nur Hans mit seiner Nappalederjacke sah etwas seriöser aus.

Sie hatten alle eine sportliche Figur und gut aussehende Gesichter, in denen ein lustiger Schnauzbart die Aufmerksamkeit weckte.

Aus den schwarzen Augen von Horst schaute immer der Schalk, und sein ständiges Lächeln machte ihn nicht nur bei den Frauen unwiderstehlich. Auch der gut gebaute Klaus war charmant, konnte aber bei Ärger auch grimmig dreinschauen. Damit hielt er Störenfriede von der Gruppe fern.

Der schlaksige Gerald war da eher der sanfte Typ. Er liebte die Harmonie und war der Schlichter bei Auseinandersetzungen. Und Hans hatte von allem etwas. Er ging souverän durchs Leben und genoss jeden Tag aus vollen Zügen. Er war immer unruhig, wenn gerade nichts lief.

Sie hatten sich gesucht und gefunden. Schon kurz nach der Immatrikulation war ihnen klar, dass sie diese Zeit nicht nur mit Studieren verbringen würden.

Draußen wehte ihnen warme Luft entgegen und sie wussten, die Entscheidung war richtig. Die Sonne schien ihnen in die aufgeregten Gesichter und stachelte ihre Unternehmenslust noch weiter an.

Und auch die Amseln beglückwünschten sie beim Verlassen des Gebäudes flatternd zu ihrem Entschluss.

Gerald mochte solche überirdischen Zeichen. Immer wartete er auf derartige Hinweise. Sonnenschein und Vogelgezwitscher waren eindeutig. Bei Regen, dunklen Wolken und Sturm hätte er seinen Entschluss noch einmal überdacht.

Das Universitätsgelände war gähnend leer, ein Hauch von Mittagsruhe lag über der Hochschule. Offensichtlich hielten sich alle anderen Studenten an die im Lehrplan festgelegten Zeiten. Nur der Pförtner schaute schläfrig aus seiner Luke, grüßte aber mit einem wissenden, verschwörerischen Lächeln.

Auf dem Hochschulparkplatz setzten sie sich in den Trabi von Horst. Hinter ihnen wurde die Hochschule immer kleiner und verschwand bald darauf aus ihrem Blickwinkel. Sie fühlten sich so frei, dass sie anfingen, lauthals Udo Lindenbergs »Andrea Doria« zu trällern. Klaus, der größte Udo-Fan der Gruppe, ließ wie so oft ein Udo-typisches »Dip Dip Didi« hören. Alle vier liebten den Musiker und seinen Freiheitswillen. Sein Lied »Ich mach mein Ding« war ihre Hymne, ihre Lebenseinstellung.

Die einzige Möglichkeit, diese besondere Art von Zufriedenheit heute wiederzubeleben, gibt es für Gerald nur in seinen Gedanken. Ein Wiedererleben ist, da es auf Erwartungen beruht, heute nicht mehr möglich. Die Erwartungen sind für immer verschwunden.

Schmerzlich musste er erfahren, dass sich Erinnerungen nicht wiederbeleben lassen, als sie sich nach dreißig Jahren bei einem Klassentreffen wiedersahen. Es war traurig zu sehen, was aus den Kommilitonen geworden war. Viele, die in der DDR als Funktionär in der Gewerkschaft oder dem Staatsapparat gearbeitet haben, gingen mit der Wende unter. Sie wurden in dem nun vereinigten Deutschland nicht mehr gebraucht! Viele warteten zunächst ab, waren sie doch daran gewöhnt, dass der Staat sich schon kümmern würde. Doch damit verplemperten sie wertvolle Zeit. Als sie dann merkten, dass keiner kam, um ihnen den weiteren Weg zu weisen, war es oft schon zu spät: Sie hatten den Anschluss verpasst, in der Arbeitslosigkeit starben Träume und Sehnsüchte.

Als Gerald in die stumpfen Gesichter schaute, hätte er heulen können. Das Feuer in den Augen von Horst, der mittlerweile viel Fett angesetzt hatte, war erloschen, und auch Klaus hatte sich schon lange aufgegeben. Sein Bierbauch zeugte nicht von Wohlstand, sondern von Frust.

Gerade die beiden waren immer mit Leidenschaft für neue Abenteuer zu haben gewesen und waren Motor und Inspirator der Umsetzung.

Sie saßen am Fenster im Café unter den Linden. Die nachmittägliche Augustsonne tauchte alles in ein grelles Licht. Fast surreal wie bei Filmaufnahmen im hellen Scheinwerferlicht. Wenn jetzt ein Regisseur »Action« gerufen hätte, wäre keiner von ihnen verwundert gewesen.
Eigentlich passte das Licht perfekt zu ihrer Stimmung. In diesem Café hatten sie Erwin Geschonneck mit seiner jungen blonden Frau in einer Ecke sitzen sehen. Sie konnten es nicht fassen, diesem Star der DDR-Filmkunst so nahe zu sein. In ihren provinziellen Heimatorten war diese Chance gleich null.

Sie fühlten sich wie in einer anderen Welt. Im Laufe ihres Studiums sahen sie noch mehr Idole, die sie zuvor nur im Kino oder Fernsehen bewundern konnten. So saß einmal Ekkehard Schall am Nachbartisch und philosophierte offenbar mit einem Kollegen über ein Theaterstück der Berliner Volksbühne. Da er ihnen öfter wohlwollend zunickte, fühlten sie sich selbst im Kreis der Boheme der DDR angekommen.

Dieses »Wirgefühl« war zeitweilig so stark in ihnen, dass sie sich in ihrer Naivität zutrauten, ebenso künstlerisch überzeugend zu wirken. Es fühlte sich auf einmal so leicht an, künstlerische Werke zu erschaffen und damit Erfolg zu haben. Gerald und auch Klaus glaubten naiv an ein Abfärben, ein Überspringen kreativen Potenzials allein durch die Nähe zu diesen Künstlergrößen.

Dabei gab es damals unendlich viele, die in Kunst machten, um dadurch freier zu sein und nicht im sozialistischen Alltag tagein und tagaus einer regelmäßigen stupiden Arbeit nachgehen zu müssen.

Doch die alleinige Anwesenheit von Kunstschaffenden brachte natürlich in keinem der Freunde ein bedeutendes Werk hervor.

Klaus komponierte wochenlang am Klavier im Jugendklub der Hochschule, in dessen Folge ein Lied entstand, das Hans glaubte, schon einmal gehört zu haben, und Gerald schrieb ein paar Gedichte, die er nie jemandem zeigte.

In der Folge wurden sie regelrecht süchtig nach Kontakten mit bekannten Künstlern. Sie hielten sich regelmäßig im Künstlerklub »Die Möwe« auf und beobachteten aus dem Augenwinkel einen entspannten Manfred Krug beim Wein, lauschten den Worten Hermann Kants und bewunderten den Gesang Barbara Thalheims.

Als Gerald einmal weit nach der Wende in Berlin vor dem jetzt leblosen Haus stand, durchströmte ihn unendliche Traurigkeit. Er versuchte, sich den damaligen unbändigen Trubel und die ausgelassene Heiterkeit ins Gedächtnis zu rufen, aber er hörte nichts als Totenstille.

Im Berliner Theater, in der Künstlerbar »Unter dem Dach« wurden sie nach einer Vorstellung von Angelika

Domröse und Annekathrin Bürger bedient. Die beiden Frauen waren damals der Inbegriff von Schönheit, Erotik und Ausstrahlungskraft. Angelika Domröse war für viele die Brigitte Bardot des Ostens. Bei Berliner Weiße und Soleiern wurde kräftig geflirtet. Sie saugten diese Atmosphäre begierig in sich auf und waren so ergriffen und berauscht von diesen Erlebnissen, dass sie nichts sehnsüchtiger wünschten, als dazuzugehören.

Sie besuchten regelmäßig die Theater der Hauptstadt. Besonders das Theater am Schiffbauerdamm war für sie das Zentrum von Geist und Moderne, von Boheme und Frivolität. Im Brecht-Ensemble erlebten sie die wunderbare Ursula Karusseit, lauschten gebannt Gisela May in »Mackie Messer« und Ekkehard Schall in »Mutter Courage und ihre Kinder«.

Die unmittelbare Nähe zu diesen, in ihren Augen außergewöhnlichen Menschen zog sie so in ihren Bann, dass sie sogar zeitweilig ihr Hauptziel, Frauen kennenzulernen, aus den Augen verloren.

Sie durchstreiften in den Pausen das Foyer in der Hoffnung, einem der Darsteller noch näher zu kommen.

Manchmal gelang das auch. In der Volksbühne setzte sich Michael Gwisdek an die Theaterbar und plauderte ein paar belanglose Worte mit ihnen. Als dann die Vorstellung weiterging, hatten sie das unbestimmte Gefühl, er blinzelte ihnen von der Bühne aus zu. Am liebsten hätten sie die Zuschauer im Saal lautstark darauf aufmerksam gemacht.

Neugierig schauten sie auch diesmal in die Runde. Das Café unter den Linden war gut besucht. Doch an keinem der Tische entdeckten sie ein prominentes Gesicht. Auch das kam schon mal vor, aber dann sahen sie wenigstens interessant aussehende Leute, denen sie künstlerische Berufe zuordneten.

Hinter einem glatzköpfigen, schmal, ja spartanisch aussehenden Mann mit runder Nickelbrille und in einem etwas zu groß geratenem braunen Cordanzug vermuteten sie einen Schriftsteller.

Ein dicker, aber kraftvoll wirkender Mann mit einem schwungvollen, grünen Schal, langen nach hinten gegelten Haaren und übergroßem weißen und an den Ärmeln nachlässig aufgekrempeltem Hemd war für sie ein Bildhauer. Seine Blicke hatten sich noch nicht von der in Arbeit befindlichen Skulptur gelöst. Immer noch schien er in sein Werk versunken, formte er schon Neues in seinem Gedächtnis.

Ein Mann im weißen Anzug, mit verwegenem beigen Strohhut und einer elegant aussehenden Frau an der Seite war für sie ein Tenor an der Oper.

Durchtrainierte junge Mädchen waren in ihren Augen immer Tänzerinnen des nahen Friedrichstadt-Palastes.

Am fantasievollsten war dabei Gerald. Er war ein guter Geschichtenerzähler und sprühte nur so von Berufsideen und fiktiven Erlebnissen der Auserkorenen. Er sah in den Gesichtern Erlebtes in bunten Bildern und schilderte diese seinen Kommilitonen. Die lauschten amüsiert, aber gebannt seinen Erzählungen.

Heute jedoch beflügelte keiner der Anwesenden ihre Fantasie. Am Nachbartisch saß ein älteres Ehepaar mit weißen Haaren, das sich ausdauernd anschwieg und eher als Rentnerpaar durchging.

Der Mann, der seine graue Schiebermütze aufbehalten hatte, sah aus, als würde er Kaninchen züchten und gegenwärtig nichts lieber tun, als in seinem Garten nach den Tieren zu sehen. Seine offensichtliche Ehefrau war mit lebhaften Augen und gerötetem Gesicht auf der Suche nach einem, wenigstens kleinen, Abenteuer in der Hauptstadt der DDR.

Enttäuscht schaute sie auf die Nachbarttische, an denen ähnlich langweile Typen wie ihr eigener Ehemann saßen. Es schien, als ob ein ganzer Rentnerverein einen Berlinausflug machte. Erst als der Kellner der Frau und dem Mann ein Riesentortenstück servierte, sprühten ihre Augen vor nicht geahntem Feuer.

Angewidert bezahlten Gerald und seine Freunde ihr Bier und verließen mit abnehmender Stimmung das Café.

Eigentlich wollten sie neben dem Pilsner Urquell noch das hier besonders schmackhaft Steak au four genießen. Das Schweinsteak, das mit Würzfleisch bedeckt und mit Käse überbacken wurde, war eines der wenigen kulinarisches Erlebnisse, die es in der DDR-Gastronomie gab. Jede Gaststätte, die etwas auf sich hielt, hatte es auf der

Speisekarte, wobei es nicht überall so meisterhaft zubereitet wurde wie hier.

Immer wieder hatten sie andere Gaststätten ausprobiert. In der bekannten Goldbroilergaststätte auf der Schönhauser Allee standen sie stundenlang in der Kälte, um dann unter kaltem Neonlicht und an Sprelacart-Tischen von hungrig durchs Fenster schauenden Wartenden beobachtet zu werden und ihren Broiler herunterzuwürgen.

Im Sofia-Grill gab es gute bulgarische Gerichte, aber die stets proppenvolle Gaststätte mit hektisch umherlaufenden, dicken schwitzenden Kellnern machte sie nervös und ließ keine Stimmung aufkommen.

Vor etlichen Restaurants standen sie hungrig vor der Tür, von Schildern »Wegen technischer Probleme geschlossen« oder »Montag Ruhetag« gestoppt. Einzig das Café unter den Linden und die Restaurants im Palast der Republik waren verlässliche gastliche Adressen.

Sie beschlossen, sich auf den Weg zum Palast der Republik zu machen. Dort gab es die beste Soljanka, Schweinslendchen mit Pommes und Letschogemüse und Radeberger Pilsner aus dem Zapfhahn. Ein DDR-Bier, das aber hauptsächlich exportiert wurde und dadurch im Handel nur sehr selten zu bekommen war.

Bei den Gedanken daran lief ihnen das Wasser im Mund zusammen.

Voller Vorfreude darauf schlenderten sie gut gelaunt an der Komischen Oper vorbei, schauten kurz in einen Pulk von Touristen und sahen der gerade beginnenden

Wachablösung am Mahnmal des unbekannten Soldaten zu. Im Stechschritt kamen neue Soldaten und lösten mit allerlei Tamtam ihre Kameraden ab.

Das Präsentieren des Gewehrs beendete die auch bei Ausländern beliebte Zeremonie.

Sie gingen diesen Weg gern. Er hatte etwas Feierliches. Alle Gebäude waren – im Gegensatz zu der Mehrzahl der Häuser in der DDR – frisch restauriert und strahlten in altem Glanz. Das Zeughaus, das Kommandantenhaus, die Sankt-Hedwigs-Kathedrale, die Königliche Bibliothek und das Palais des Prinzen Heinrich standen hier schon Jahrhunderte. Hier ging die bessere Gesellschaft schon immer ein und aus. Gerald stellt sich die Herrschaften in Ballkleidern und Smoking vor, und kurzzeitig spürt er ganz intensiv die Geschichte dieses Ortes.

Beim Überqueren der Schlossbrücke wurden ihre Schritte schneller. Mühsam kämpften sie sich durch die entgegenkommenden Menschenmassen.

Gerade die Straße Unter den Linden gehörte für viele Menschen zu einem richtigen Berlinbesuch dazu. Alles strömte in eine Richtung auf das Brandenburger Tor zu.

In Gedanken sahen sie sich schon in einer Warteschlange vor dem nicht zu übersehenden Schild »SIE WERDEN PLATZIERT«.

Mit einem Wechsel von Vorfreude auf Resignation stiegen sie die Treppe zum Palast der Republik hoch. Im Foyer tummelten sich zahlreiche Touristen. Staunend betrachteten sie die vielen Lampen an der Decke. Im

Volksmund hieß der Palast der Republik deshalb auch »Erichs Lampenladen«. Erich Honecker hatte dieses Gebäude als Prestigeobjekt errichten lassen und wollte damit auch international Eindruck machen.

Mit schneller werdenden Schritten strebten sie dem Eingangsbereich des Lindenrestaurants im zweiten Geschoss zu. Dort war keine Menschenseele zu sehen. War das Restaurant geschlossen?

Das Platzierungsschild, das sonst die Menschenmassen zum Stehen brachte, stand einsam und unbeachtet vor der Tür.

Doch innen brannte Licht, und als sie das Restaurant verunsichert betraten, stürzte ein Kellner in einem fliederfarbenen Hemd auf sie zu, um sie zu ihren Plätzen zu geleiten.

Sie erhielten einen Fensterplatz mit Blick auf das Staatsratsgebäude. An der aufgezogenen Fahne auf dem Dach erkannten sie, dass sich der Staatsratsvorsitzende Willi Stoph im Gebäude befand. Auch das war für sie damals ein erhebendes Gefühl, den Oberen der Staatsmacht so nahe zu sein. Sie waren alle vier in der Partei der Arbeiterklasse und identifizierten sich mit dem Ziel, zum Wohle des Volkes zu arbeiten. Nur sollte für sie dabei der Spaß nicht auf der Strecke bleiben. So ging es in der DDR vielen.

Überall wurde gefeiert und sich amüsiert. Das ging durch alle sozialen Schichten.

Auch nach der Arbeit saßen die DDR-Bürger regelmäßig zusammen und pflegten den Kollektivgeist. Der wurde sogar staatlich verordnet. Wenn Arbeiterbrigaden zum Beispiel einen Theaterabend gemeinsam besuchten oder sich bei einem deutsch-sowjetischen Freundschaftstreffen gemeinsam besoffen, erhielten sie sogar Pluspunkte, die eine wichtige Voraussetzung waren, die Auszeichnung »Kollektiv der sozialistischen Arbeit« zu ergattern.

Ihre Stimmung hob sich, und als sie unerwartet schnell ihr erstes Glas Bier bekamen, stellte sich das an diesem Ort stets auftretende Glücksgefühl ein. Hier fühlten sie sich als vollwertige Bürger. Nur hier wurde das Bier gepflegt in Tulpengläsern serviert. Die schön anzusehende Blume und die am Stiel angelegte Tropfserviette steigerten den Trinkgenuss und die Lust auf mehr.

Der erste Schluck, nur durch den weißen Bierschaum abgebremst, war ein Hochgenuss.

Mit jedem Bier wurde die Stimmung ausgelassener, und als sie ihr Essen mit viel Appetit genossen hatten, beschlossen Hans, Klaus und Horst, den Abend im Studentenklub der Humboldtuniversität ausklingen zu lassen.

Geralds Einwand, dass er noch die Hausarbeit für den morgigen Russischunterricht zu erledigen hätte, belustigte die Freunde so, als hätte er einen tollen Witz erzählt. Keiner von ihnen hatte die besagte Hausarbeit erledigt, alle hofften auf das Wohlwollen der hübschen Russischlehrerin Tatjana.

Diese Hoffnung war nicht ganz unbegründet. Ganz offensichtlich liebte sie die humorvollen, immer zu Streichen aufgelegten Freunde.

So wurden Geralds Skrupel zunächst beiseitegeschoben.

Auch den Studentenklub konnten sie fußläufig erreichen. Wieder kamen sie am Grab des unbekannten Soldaten vorbei. Die davorstehenden Soldaten waren wie versteinert. Den Blick starr geradeaus, ließen sie sich von dem provozierenden Geschwätz der Freunde nicht stören. Mit »Was macht ihr heute Abend?« und »Wir gehen in den Studentenklub, da gibt es viele hübsche Mädchen« versuchte Klaus, sie aus der Reserve zu locken.

Als Horst dann von anschließenden Schäferstündchen schwärmte, zuckte die Augenbraue eines Soldaten. Der andere hielt stand. Gerald meinte, dass er dafür eine Belobigung verdient hätte.

Als sie an der Humboldt-Uni am Ende des hohen Eisenzaunes in die kleine, unscheinbare Straße zum Studentenklub abbogen, sahen sie schon von Weitem eine Traube von Menschen vor der Tür stehen. Aus den Fenstern hörte man gedämpften Beat, es roch nach verschüttetem Bier.

Gerald versuchte erneut, seine Mitstudenten vom Vorhaben abzubringen und sie zur Rückkehr an den Schreibtisch zu bewegen. Doch keiner reagierte auf seine Einwände.

Es war ein herrlich warmer Sommerabend, der nicht ungenutzt verstreichen durfte. Zielstrebig schritten sie durch die von Linden bestäubte Straße am Ende der Schlange vorbei. Dann stürzte Hans plötzlich auf ein Mädchen zu und tat so, als hätte sie ihnen Plätze in der Warteschlange freigehalten.

In wenigen Minuten waren sie im Klub und begutachteten sogleich in den zahlreichen Nischen des Kellergewölbes die anwesenden Mädels. Zunächst einmal trat Ernüchterung ein. Es war nichts los. Die Tanzfläche war leer und machte einen öden Eindruck. Die Attraktivität des weiblichen Geschlechts hielt sich in Grenzen, und in Gerald keimte wieder Hoffnung auf, er könne doch noch die Russischarbeit erledigen. Doch nach einigen Bieren und mit dem Eintreffen weiterer, immer hübscher werdender Mädchen schlug die Stimmung um.

Ausgelassen wurde getanzt, und es dauerte nicht allzu lange, bis sie ein paar Mädchen im Schlepptau hatten, die durchaus ihren Qualitätsansprüchen gerecht wurden. Gerald hatte es auf eine Brünette abgesehen. Offensichtlich teilte die seine Sympathie, denn immer wieder sah sie zu ihm rüber. Als sie dann wie zufällig neben ihm stand, schaute sie ihm mehrmals tief in die Augen. Sein Herz pochte nicht nur an einer Stelle. Sie sah gut aus, ihre ebenmäßigen Züge krönte ein krauser Wuschelkopf, der an eine Angela-Davis-Frisur erinnerte. Sie hatte grüne Augen, die geheimnisvoll leuchteten und ihn tief in seiner Seele berührten. Ihre Blicke versprachen ungeahnte Wonnen.

Sie hatte hübsche Arme und war braun gebrannt, sie war bis auf den Mund nicht geschminkt, den er gern ohne Lippenstift gesehen hätte.

Ohne sie zu berühren, kribbelte es, und sein Blut raste durch den Körper. Zeitweilig hatte er Angst, ohnmächtig zu werden.

Je später der Abend wurde, umso mehr verschlangen sie sich mit ihren Augen. Irgendwann ließen sie gar nicht mehr voneinander los. Die Freunde beobachteten amüsiert den sich immer weiter vertiefenden Blickkontakt.

Als Gerald dann Becken an Becken mit ihr tanzte und mit seinen Händen den wohlproportionierten Körper abtastete, vermuteten sie, dass bei der Rückfahrt wohl ein Platz frei bleiben würde, doch gegen Mitternacht gewann in Gerald die Vernunft die Oberhand. Plötzlich dachte er an den nächsten Tag, an die Seminare und an den Russischunterricht, den er nicht vorbereitet hatte.

Vor dem Studentenklub unter einer duftenden Linde verabschiedete Gerald sich von seinem Mädchen, nicht ohne ein Treffen in den nächsten Tagen zu vereinbaren.

Gerald nahm das Studium von Anfang an bis zu einem gewissen Sinne sehr ernst. Er wollte sich weiterentwickeln und etwas lernen. Er war stolz, Student zu sein. Dieses Privileg hatten nicht viele. Im Arbeiter- und Bauernstaat wurden Arbeiter und Bauern hofiert. Studenten hatten etwas Anrüchiges und Arbeitsscheues.

Es gab zwar Fächer, wie zum Beispiel Politische Ökonomie oder Wissenschaftlicher Kommunismus, die ihn aber kaum interessierten und auch nicht wirklich weiterbrachten.

Die Lehrinhalte waren dröge und realitätsfern. Ihm war schleierhaft, wie diese Theorien für den Sozialismus hilfreich sein sollten. Fächer wie Kultur, Geschichte, Recht und auch Philosophie interessierten ihn da schon mehr. In den ersten drei Monaten hatte er sich auf jedes Seminar gründlich vorbereitet. Auch in den Vorlesungen hing er an den Lippen der Referenten und machte sich eifrig Notizen.

Er hatte aber auch Angst vor Repressalien. Er fürchtete sich vor Aussprachen, Verweisen, Schreiben an seinen delegierenden Betrieb und vor dem Abbruch des Studiums. Jeder Betrieb, der Mitarbeiter zum Studium delegierte, erwartete maximalen Einsatz und gute Abschlusszeugnisse.

Eigentlich hatte er schon sein ganzes bisheriges Leben lang Angst. Im Kindergarten vor Mutproben, in der Schule vor schlechten Noten, in der Lehre Angst davor, die praktische Prüfung nicht zu bestehen, Angst, keine Freundin und Freunde zu finden …

Die folgende Nacht war ein Albtraum. Das Mädchen aus dem Klub schwebte feengleich durch seine Träume, aber immer wieder kam Tatjana, die Russischlehrerin, ins Spiel und unterbrach die schönen Phasen seines Traumes.

Sie stellte sich mit einem Zeigestock drohend zwischen die beiden. Sowohl Gerald als auch das Mädchen versuchten, sie zu umgehen, doch Tatjana war stets wieder zur Stelle.

Als auch ihr böses Drohen mit dem Stock nichts half, zog sie sich aus. Mit wippenden Brüsten und strammen Pobacken lockte sie Gerald immer weiter von dem Mädchen fort. Als er sie berühren wollte, drehte sie sich wutschnaubend um und hatte wieder ihr hochgeschlossenes braunes Kleid an.

In Gerald erstarb ein aufkeimendes Begehren. Er wollte zu seinem Mädchen zurück, doch die Lehrerin verlangte dafür die schriftliche Hausarbeit.

Mit pochenden Schläfen erwachte er. Es war gegen sieben Uhr. In einer Stunde begann der Russischunterricht. Noch schlaftrunken setzte er sich an den Schreibtisch. Doch außer Allgemeinplätzen fiel ihm kein russisches Wort ein. Er war der Verzweiflung nahe.

Hans, sein Zimmerkollege, der sich im Bett noch wohlig räkelte, schalt ihn wegen der Unvernunft, den ohnehin kurzen Schlaf so frühzeitig zu beenden. Die Sorglosigkeit, mit der er in den Unterricht ging, erstaunte Gerald. Auch die anderen beiden Freunde plauderten beim anschließenden Frühstück munter drauflos, ohne den geringsten Skrupel über nicht erledigte Hausaufgaben.

Auf dem Weg in den Seminarraum verfinsterte sich plötzlich der Himmel. Schwarze Wolken und aufziehender Wind kündigten ein Unwetter an. Gerald nahm das als schlechtes Omen, ihm war mulmig und übel. Er hielt sich unbewusst im Gehen schutzsuchend inmitten seiner Freunde auf.

Als sie so gemeinsam durch den im Bauhausstil gehaltenen Wendelgang den Seminarraum zum Russischunterricht betraten, schaute Gerald ängstlich zur Russischlehrerin.

Die anderen begrüßten Tatjana überschwänglich in der Art einer guten Freundin. Auch Gerald gab ihr artig die Hand. Danach nahm Hans sie beiseite und beichtete ihr, dass alle vier es nicht geschafft hatten, die schriftliche Arbeit zu erledigen.

Als sie dann mit dem Unterricht begann, schaute sie Gerald mit durchdringenden strengen Augen an und ihm war so, als ob sie dabei innerlich lächelte.

Wieder hatte Gerald eine Verabredung. Er wollte das Mädchen gleich am kommenden Wochenende wiedersehen. Wie schon so oft, war ein Treffen in Berlin geplant. Fast schon standardgemäß wurden nach einigen Enttäuschungen die Eroberungen in den Studentenklubs und Bars nicht am gleichen Abend abgeschleppt, sondern es wurde nahezu in allen Fällen ein Date in den nächsten Tagen verabredet.

Diese Verfahrensweise hatte sich bewährt. Zum einen konnte man mit den Freunden wieder bequem in die Hochschule zurückfahren und musste sich nicht am nächsten Morgen mit der S-Bahn übermüdet auf den Heimweg machen, immer mit der Angst im Nacken, die Vorlesung oder das Seminar nicht pünktlich zu erreichen. Zum anderen kam es bei den Mädchen gut an, nicht gleich am Kennenlernabend zur Sache zu kommen. Die Aussicht auf ein noch ausstehendes Schäferstündchen war außerdem viel reizvoller und hielt die Spannung und die Schmetterlinge im Bauch.

Hinzu kam, dass am gleichen Abend verführte Mädchen schon am nächsten Morgen ihren Reiz wieder verloren und weitere Treffen oft nicht mehr stattfanden.

Wenn man sich nach gemeinsam verbrachter Nacht aus

dem warmen und feuchten Bett wälzte, wollte man in den meisten Fällen nur noch so schnell wie möglich weg.

Jetzt aber freute sich Gerald auf Jutta, seine Eroberung aus dem Studentenklub. Nachdem er den Russischunterricht glimpflich bewältigt hatte, sah er sich schon in Jutta eindringen.

Auf dem Weg zu Jutta malte er sie sich in Gedanken in verschiedenen Stellungen aus. Seine Kommilitonen, die ebenfalls in die Stadt und ihn an seinem Treffpunkt absetzen wollten, lästerten ununterbrochen. Doch Gerald hörte kaum zu.

Da der nächste Tag ein Samstag war und kein Unterricht stattfand, hatte er alle Zeit der Welt. Entschlossen lehnte er das Angebot der Freunde ab, ihn in der Nacht wieder mit zurückzunehmen. Die quittierten das mit einem breiten Lächeln. Hans nahm Gerald in die Arme und schaukelte ihn übermütig hin und her.

Alle drei gönnten ihm sein neues Abenteuer. Sie fieberten mit ihm dem Rendezvous entgegen.

In Berlin trafen sich Verliebte eigentlich an der Weltzeituhr auf dem Alexanderplatz. Dieser Platz hatte etwas von großer weiter Welt.

Oft hatte Gerald dort im Kreise Gleichgesinnter gestanden und auf seine Bekanntschaft gewartet. Ihm gefiel es, auf der Uhr zu sehen, wie spät es in New York oder Rio war. Er fühlte sich dann weltmännisch, voller Optimismus, das Leben zu meistern.

Jutta hatte vorgeschlagen, sich auf einen Kaffee in der Mokkamilcheisbar an der Karl-Marx-Allee zu treffen. Eine Bar, die der Musiker Thomas Natschinski und seine Band in einem Lied unsterblich gemacht haben. Textzeilen wie »In der Mokkamilcheisbar habe ich sie gesehen, in der Mokkamilcheisbar da ist es geschehen« fielen ihm spontan ein.

Gerald fand das gut, vor allem auch deshalb, um sich das Mädchen in aller Ruhe einmal nüchtern anzusehen und seine Gefühle nochmals zu prüfen. Immer wieder passierte es ihm, dass er die in den Nächten getroffenen Mädchen am Tage nicht mehr so schön und reizvoll fand wie in der von Alkohol geschwängerten Atmosphäre der Bars und Clubs. Die Mär vom Schöntrinken geisterte ihm dann im Kopf herum.

Unter Alkoholeinfluss hatte er sich mit Frauen eingelassen, die normalerweise bei ihm keine Chance hatten. Euphorische und leidenschaftliche Nächte stürzten am Morgen wie ein Kartenhaus zusammen.

Er ekelte sich so manches Mal vor sich selbst. Immer wieder schwor er sich danach Besserung, doch wenn er dann im Schummerlicht der Lokale die erwartungsvollen Gesichter der Mädchen sah, wurde er wieder schwach.

So freute er sich jetzt, seine neueste Errungenschaft prüfen zu können. Die Sonne schien wieder, die Menschen auf der Straße waren gut gelaunt, und gut gelaunt betrat auch er die Eisbar.

Innerlich angespannt durchschritt er unsicher das Lokal. An keinem der Tische entdeckte er Jutta. Er schaute auf die Uhr. Es war bereits fünf Minuten nach der vereinbarten Zeit. Sein Selbstbewusstsein bekam einen kleinen Dämpfer. Doch als er sich die nur ihm geltenden Blicke des Mädchens ins Gedächtnis rief, entspannte er sich etwas.

Er setzte sich an einen Tisch am Fenster mit Blick auf die ausladende Karl-Marx-Allee. Kurzzeitig dachte er an seine Armeezeit. Genau an dieser Straße hatte er mit anderen Soldaten gestanden, um die Durchfahrt des Staatschefs Erich Honecker mit einem Staatsgast abzusichern. Hinter ihm Bürger, die aus den Betrieben herangefahren wurden, um Honecker freundlich zuzuwinken. Nach stundenlangem Warten hatte auch er gehofft, den ersten Mann der DDR im offenen Wagen mal live zu sehen, doch die Autokolonne fuhr schnell an ihnen vorbei. Hinter Panzerglasscheiben winkten er und sein Gast dem angetretenen Volk halbherzig zu. Alle, die dort hinbeordert wurden, ahnten, dass sie nichts weiter als Kulisse waren.

Jetzt aber hielt Gerald nach Jutta Ausschau. Von hier aus konnte er rechtzeitig sehen, wann sie die Bar ansteuerte.

Dem Kellner im vornehmen schwarzen Anzug mit einer schneeweißen Serviette über dem Unterarm gefiel es gar nicht, dass er einen Vierpersonentisch blockierte. Erst sein Einwand, er erwarte noch eine Bekannte, milderte den vorwurfsvollen Blick etwas. Als der ihm sein Kännchen Kaffee gebracht hatte und Gerald gespielt ruhig den ersten Schluck probierte, schaute er mit immer größer werdender Erwartung aus dem Fenster. Ihm kam es vor, als ob die Gäste an den Nachbartischen sich über ihn amüsierten oder sich gar lustig machten. Ein sitzen gelassener Casanova, ein gehörnter Ehemann, ein verarschter Liebhaber?

In Wirklichkeit interessierte sich aber niemand für ihn.

Erst als ein besonders hübsch anzusehendes Mädchen auf den jungen Mann zusteuerte, wurden vor allem einige Männer aufmerksam. Sie starrten die Ankommende ungeniert an. Leicht und schön durchschritt sie die Gaststätte, und es war so, als täte sie dem Lokal, das sie betrat, einen Gefallen. Selbst der unfreundliche Kellner lächelte ihr zu.

In Gedanken versunken, hatte Gerald nicht mitbekommen, dass Jutta das Lokal bereits betreten hatte und aufrecht und stolz auf ihn zukam.

Auch er traute seinen Augen nicht. Sein Gespür an dem Abend im Studentenklub hatte ihn nicht enttäuscht.

Das Mädchen strahlte mit ihren Augen und der makellosen Figur, in deren Zentrum zwei reizende Brüste hervorstanden, eine solche Sinnlichkeit aus, dass es Gerald die Sprache verschlug.

Umständlich und eingeschüchtert erhob er sich und reichte ihr die Hand. Sie zu küssen, wagte er nicht. Jutta schien sichtlich erfreut, ihn wiederzusehen.

Sie plauderte sofort munter drauflos. Sie erzählte ihm unaufgefordert von ihrem Heimatdorf in Thüringen, von den unendlichen Wiesen, dem Geruch von frischem Heu, wogenden Feldern im Sommer, verschneiten Berghängen im Winter, urigen verschlungenen Bachläufen, romantischen Mühlen und den Tieren auf dem Bauernhof ihrer Eltern.

Besonders die Pferde hatten es ihr angetan. Sie liebte die Ausritte durch die Kiefernwälder an den kleinen See in unmittelbarer Nähe ihres Dorfes. In den Sommermonaten konnte sie es kaum erwarten, nackt in den See zu springen.

Gerald lauschte ihrer Erzählung, ohne den Inhalt wirklich zu erfassen. Er musste sich zügeln, sie nicht unentwegt anzustarren. Nur Bruchstücke, wie das Reiten und das nackt im See baden erreichten sein Gehirn, kurbelten seine Fantasie an und formten eigene Bilder.

Ihre unschuldigen, aber für ihn verführerisch blickenden grünen klaren Augen waren der Funke zum Umschreiben ihrer Betrachtungen. Er sah sich neben ihr reiten und das Auf und Ab der beiden Körper weckte Sehnsüchte, die hier am Tisch in einem voll besetzten Café zu einer unpassenden Zeit kamen.

Er wollte sich gar nicht ausmalen, wie es nach dem gemeinsamen Ausritt am See weitergegangen wäre.

Er konzentrierte sich mühsam auf einigermaßen sinnvolle Zwischenfragen nach ihrem Studium und dem Leben in Berlin.

Er war begeistert, dass sie Tierärztin werden wollte. Das war für ihn etwas Handfestes im Vergleich zu seinem Kulturwissenschaftsstudium. Sie wiederum begeisterte sich an seinem Studienalltag, zu dem auch Theater-, Galeriebesuche und Buchlesungen gehörten.

Gerald freute sich, dass sie belesen war und Schriftsteller, die er liebte, ebenfalls bewunderte. Sie unterhielten sich mit hitzigen Köpfen über Hermann Hesses geniale Naturbeschreibungen und Hemingways Reiseerlebnisse.

Was sie besonders einte, war die Liebe zum Meer. Beide, so stellte sich im Gespräch heraus, liebten es. Beide reisten nach Möglichkeit mindestens einmal im Jahr an die Ostsee. Dann tauchten sie ein in den Gleichklang der Wellen, die Beständigkeit der Küstenlandschaft. Beide litten, wenn sie das Meer nach ein paar Tagen wieder verlassen mussten. Sie vermissten die Weite, das besondere Licht, den Geruch von Wildrosen, Tang, Fisch und die störrische Ruhe der Einheimischen.

Erst als sie später auf Picassos Bilder und Liebschaften zu sprechen kamen, glitt Gerald wieder ab in erotische Gedankenspiele. Schuld daran waren nicht nur Juttas glasperlenhaften Auge, in denen er freiwillig ertrunken wäre, sondern ihre nach vorn gestreckten Brüste, die ihn, obwohl züchtig in einer undurchsichtigen weißen Bluse versteckt, immer wieder herausfordernd anschauten.

Zwischenzeitlich waren sie beim dritten Glas Wein angelangt, und die bis dahin rein sachliche Konversation glitt etwas ab. Gerald wurde etwas mutiger und kam auf bisherige Beziehungen zu sprechen. Dabei ging es um das Liebesleben im Allgemeinen, aber auch um ihre bisherigen Liebschaften.

Jutta hatte bisher zwei feste Freunde gehabt, wobei der Letztere noch nicht Geschichte war und in ihrem Heimatort auf sie wartete. Gerald war zunächst verblüfft, aber Juttas Augen verrieten ihm, dass das ihr Kennenlernen nicht stören würde. Im Gegenteil, von ihrem Freund sprach sie wie von einem Bruder oder guten Bekannten, der zufällig in ihrem Dorf lebte. Sie war bereit für eine neue Bekanntschaft ohne Skrupel und Gewissensbisse, das spürte er.

An ihren Gesten merkte Gerald, dass sie zu allem entschlossen war. Ihre Augen himmelten ihn an, versprachen schon jetzt ein sinnliches, frivoles Vergnügen.

Sie brachen bald auf. Jutta wohnte im Prenzlauer Berg, einem Stadtteil, den Gerald sehr mochte. Die Altbauten aus der Zeit um das 20. Jahrhundert machten trotz der maroden Bausubstanz den Charme dieser Straße in Pankow aus. Kleine Eckkneipen und urige alte Cafés, Studenten, Kulturinitiativen und Literaten begründeten dort eine alternative Kultur- und Kunstszene. Es war eine andere Welt innerhalb einer sonst stupiden und konservativen DDR. Handgemalte Plakate und Zettel luden zu Buchlesungen und Galerieeröffnungen ein, Aushänge wiesen auf Umweltverschmutzungen und Wohnungsnot hin.

An die Fahrt mit der S-Bahn konnte er sich später noch gut erinnern. Sie hielten Händchen und bekamen von den ein- und aussteigenden Fahrgästen und den vorbeisausenden Häusern nicht viel mit. Immer wieder schauten sie sich lächelnd an und ließen sich nicht mehr los.

Auch als sie durch ein Tor in den Hinterhof eines großen Miethauses traten, konnten die abbröckelnde Fassade, schmutzige Mülltonnen und ein beißender Gestank nach alter Asche, Essig und Bohnerwachs ihre Stimmung nicht trüben. Juttas Wohnung war in der zweiten Etage. Beschwingt gingen sie die frisch gebohnerten Stufen hinauf. Gerald ging hinter ihr, und das sich bewegende Becken befeuerte seine Vorfreude. Als sie die Wohnungstür aufschloss, strömte ihnen abgestandene Luft entgegen, und als er das dunkle Wohnzimmer mit alten Möbeln sah, entstand eine peinliche Stille.

Doch Jutta öffnete schnell das Fenster, und die nachmittäglichen Geräusche des Hinterhofes, das Lachen spielender Kinder und die eindringende Sonne erhellten den Raum.

Sie kochte Kaffee und überraschte ihn mit einem selbst gebackenen Kuchen.

An das Gespräch an der Kaffeetafel hatte er später keine Erinnerung mehr. Wahrscheinlich war er nicht in der Lage gewesen, sich darauf zu konzentrieren. Erst an das gemeinsame Ausziehen und dass sie sich dabei ununterbrochen anschauten, erinnert Gerald sich noch heute gern.

Sie war leidenschaftlich, und der erste Körperkontakt begann damit, dass sie schon mit dem Ausziehen der Unterhose sein sichtbar hartes Glied in den Mund nahm.

Immer wieder hatte er sich gerade diesen Liebesbeweis von seinen bisherigen Bekanntschaften gewünscht, aber die wenigsten ließen sich darauf ein. Ein Mädchen weigerte sich sogar hartnäckig, seinen Penis überhaupt anzufassen.

Vorsichtig musste Gerald Juttas Kopf nach oben ziehen. Noch eine Minute länger und er wäre explodiert. Sanft küsste er sie auf den Mund, der ihm solche Wonne bereitet hatte.

Sie schmeckte gut und das freute ihn. So standen sie eine ganze Weile eng umschlungen, aber da Gerald sie dabei mit seinem Glied immer wieder aufspießte, schubste sie ihn lächelnd sacht auf das Bett und kletterte rittlings auf ihn. Ihre Erzählungen übers Reiten kamen ihm wieder in den Sinn. Ihr Becken bewegte sich immer schneller und Gerald konnte sich nicht mehr halten. Mehrmalige Erektionen fluteten ihre Vagina, und sie sah ihn so glücklich an, dass er in diesem Moment sehr stolz auf sich war.

In dieser Nacht nahm er sie noch einmal, diesmal von hinten, und auch das begeisterte ihn ungemein. Sowohl beim Reiten als andersherum gaben ihre abstehenden festen und beweglichen Brüste den Takt an. Er konnte sich daran nicht sattsehen. Das Ganze war so erotisierend, dass er meinte, im siebten Himmel zu sein. Stöße von Glückshormonen durchströmten seinen Körper, und auch Jutta schien es so zu gehen.

Ihr Verstand schien außer Kontrolle. Sie gebärdete sich wie ein unbezähmbares wildes Pferd. Ihr Jammern, Jauchzen und Stöhnen wurde begleitet von einem tiefen Blick in seine Augen.

Immer, wenn er sich vom Anblick ihrer Brüste und von den kreisenden Hüften losriss, sah er, dass sie ihn anschaute. Auch als er immer schneller von hinten in sie stieß, drehte sie den Kopf so, dass sie ihn nicht aus den Augen verlor.

Irgendwann lagen sie sich dann erschöpft in den Armen. Beide schliefen so tief und fest, dass erst die Strahlen der Mittagssonne sie weckten. Jetzt, im gleißenden Licht der Sonne, sah auch das Zimmer viel freundlicher aus. Und als Jutta das Bett nackt verließ und in der Kochnische Kaffee aufsetzte, fühlte Gerald ein wohliges Gefühl von Geborgenheit.

Er blieb, entgegen der Gepflogenheit, zum Frühstück. Da sie sich nichts überzog, setzte auch er sich ohne Kleidung an den Tisch. Die Situation war für ihn so erotisierend, dass sich immer wieder ein wachsendes Kribbeln zwischen seinen Beinen einstellte.

Es war schön, wie ihre Brüste sich den Bewegungen beim Hantieren mit Messer und Gabel anpassten, als wollten sie die Tat mit Nachdruck unterstützen. Am schönsten aber war es, als sie einmal aufstand und über den Tisch gebeugt nach der Kaffeekanne griff. Dabei sahen ihre wallenden Brüste, ihre gegen die Tischkante stoßende Vagina und ihre Augen ihn auffordernd an.

Sie landeten danach noch einmal im Bett.

Als er später mit der S-Bahn in die Hochschule zurückfuhr, ging ihm die Nacht und insbesondere das Frühstück nicht mehr aus dem Kopf. Immer wieder rief er die Bilder in sich wach. Auch in der darauffolgenden Nacht konnte er an nichts anderes denken. Seine Träume kreisten nur um sie und ihren Körper. Unruhig warf er sich hin und her. Am nächsten Morgen war er wie gerädert.

Gerald wurde regelrecht süchtig nach Jutta. Jedes Wochenende verbrachte er im Prenzlauer Berg. Seine Freunde begannen, sich vorsichtig zu beschweren.

»Da draußen warten noch so viel andere Mädchen. Willst du deine Zeit nur mit einer verbringen?«, verkündete Hans mehr als einmal.

Nach einiger Zeit fielen Gerald Fehler an Jutta auf. So fand er wiederholt in dem von ihr gekochten Essen eines ihrer Haare. Bei Spaziergängen trug sie einen Rucksack, mit dem sie unweiblich und bäuerisch aussah. Auch die groben Wanderschuhe passten so gar nicht zu ihr. Ihre männlich wirkende Kleidung erschien ihm provinziell und altbacken. Bald bemerkte er, dass ihr Wortschatz doch sehr eingeschränkt war und sie immer wieder Floskeln wiederholte. Es sprudelten immer wieder dieselben Verben und Attribute. Als er sie einmal mit ins Theater nahm, schämte er sich mit ihr.

So hielten sie sich bald nur noch in ihrer Wohnung auf. Eigentlich besuchte er sie nur noch, um mit ihr zu schlafen, und oft verließ er sie schon vor dem Morgengrauen.

In dieser Zeit lernte er in »Clärchens Ballhaus« eine schon reifere Frau kennen. Immer, wenn sie neben den Studentenklubs dieses Lokal besuchten, waren sie darauf aus, ältere Frauen kennenzulernen. Sie versprachen sich davon, von ihren Erfahrungen aus einem schon längeren Liebesleben zu profitieren.

Als sie in die Auguststraße einbogen, hörten sie die Musik, und je näher sie dem Etablissement kamen, desto mehr stieg in ihnen eine Spannung, die anders war als in den Studentenklubs. Ihnen war so, als ob sie zu einer Schulung oder Weiterbildung gingen.

Im Gegensatz zu den Seminaren an der Hochschule waren sie hier begierig, etwas zu lernen.

Wie Lehrer übernahmen die älteren Damen auch die Initiative. In Clärchens Ballhaus war es gang und gäbe, dass auch die Frauen die Männer zum Tanz aufforderten.

Die Freunde machten es sich an einem Tisch bequem. Sie bevorzugten Plätze direkt an der Tanzfläche, weil sie so den besten Überblick hatten und sehen konnten, wie sich die Frauen beim Tanz bewegten. Gerald hatte die Theorie:

Wer sich ausgelassen und rhythmisch bewegt, ist auch im Bett nicht untätig.

Diese Erkenntnis hatte sich schon vielfach bestätigt.

Und auch eine zweite Theorie konnten sie in der Praxis schon mehrmals ausprobieren: Wenn man beim Tanz mit einer Frau einen straffen Rücken spürt, ist auch das Übrige noch straff und ansehnlich.

Hans, der ältere unter den Freunden, wurde als Erster aufgefordert. Er hatte überhaupt den meisten Schlag bei Frauen. Die etwas älteren Damen begeisterten sich an seinem gepflegten Aussehen, seiner adretten Kleidung und seinem Humor.

Er hatte keine Scheu, schöne Frauen anzusprechen. Dabei war seine Masche fast immer die gleiche: Mit leicht angeschrägtem Kopf ging er auf sie zu und fragte mit einem unwiderstehlichen Lächeln: »Wer bist du denn?« So plump die Methode auch war, sie hatte immer Erfolg. Schon nach einigem Geplänkel hatte er sie erobert.

Diese Begabung hatte er auch bei der Trennung. Er löste seine Verhältnisse so geschickt, dass sich die Verlassene durch den Abschied nicht weniger geschmeichelt fühlte als durch die Eroberung. Sie nahmen ihm einfach nichts übel. Ein Glücksjunge. Er sprach Gerald gegenüber nie abfällig von einer Frau, mit der er geschlafen hatte, er hatte sie immer in freundlicher Erinnerung – und sie wohl auch ihn. So gab es keine Opfer.

Jetzt hatte ihn eine Schwarzhaarige mit schlanker Figur und äußerst eleganter Kleidung aufgefordert. Hans räusperte sich erfreut, und als er auf der Tanzfläche ihren Rücken abtastete, zeigt er Gerald den aufgerichteten Daumen.

Dann passierte erst einmal gar nichts und die drei Freunde schauten neidvoll auf die volle Tanzfläche.

Angesichts der Untätigkeit nippten sie immer öfter an ihren Drinks und betranken sich allmählich. Sie schauten sich immer wieder nach den an den Nachbartischen sitzenden Frauen um, kamen in ihrem Frust aber zu dem Ergebnis, dass für ihre Ansprüche nichts dabei war.

Als Hans an den Tisch zurückkam, schalt er die Freunde. »Was ist mit euch los? Seid ihr blind? Wann wollt ihr endlich zuschlagen? An geeignetem Material kann es ja wohl nicht liegen.«

Doch die Freunde straften die sie nicht auffordernden Frauen mit Missachtung. Stolz präsentierten sie sich als Nichtsuchende. Sie spielten die Uninteressierten.

Als Hans nach einer erneuten Tanzrunde an den Tisch zurückkehrte, nahm er Gerald beiseite und flüsterte ihm zu, dass die Freundin seiner Dame ein Auge auf ihn geworfen hätte.

Gerald schaute sich unauffällig nach den drei Tische weiter sitzenden Frauen um. Diese Freundin sah nicht schlecht aus. Sie hatte blondes, nach hinten zu einem Pferdeschwanz gebundenes Haar, aufgeweckte Augen und einen schönen, rosa geschminkten Mund.

Gar nicht schüchtern schaute auch sie immer wieder zu ihm rüber. Diese Gelegenheit dürfte er nicht verstreichen lassen, dachte er. Es war nur eine Frage der Zeit, bis andere Männer auf sie aufmerksam wurden.

Entschlossen ging er bei der nächsten Tanzrunde auf sie zu, verneigte sich höflich und fragte mit einwandfreien Knigge-Manieren: »Darf ich bitten?«

Bei den Partys im Studentenmilieu sagten sie eher: »Wollen wir tanzen«, aber hier, im Angesicht der reifen Frauen, wollte er von Anfang an einen guten Eindruck machen. Sie lächelte, ergriff seine Hand und ließ sich auf die Tanzfläche führen. Für einen ersten Tanz schmiegte sie sich schon ziemlich eng an ihn. Da er dabei feste Brüste spürte und auch der Rücken makellos schien, ließ Gerald sich gern darauf ein.

Mittlerweile war es zwei Uhr und Hans drängte zum Aufbruch. Ohne sich abgesprochen zu haben, war es für die Frauen selbstverständlich, dass sie gemeinsam das Lokal verließen. Die Frauen wussten mittlerweile, dass sie Studenten waren und keine eigene Wohnung hatten. So schien es selbstverständlich zu sein, die Kavaliere mit zu sich nach Hause zu nehmen.

Es war eine klare Nacht, als sie durch die Berliner Straßen gingen. Der Sternenhimmel leuchtete freundlich. Die Frau machte Gerald darauf aufmerksam. Sie hielt die Arme waagerecht und drehte sich, den Blick in den Himmel. Sie geriet dabei ins Wanken und Gerald fing sie auf. Sie küssten sich. Übermütig löste sie sich von ihm und stieg, die Schuhe in die Hand nehmend, in einen Springbrunnen. Sie forderte ihn auf, ihr zu folgen. Als er sich zierte, bespritze sie ihn.

Er freute sich immer, wenn Frauen romantisch waren, aber jetzt hatte er nur eins im Sinn. Er wurde ungeduldig, zeigte es aber nicht. Wie mit einem Kind redend, überzeugte er sie, weiterzugehen.

Immer, wenn er nachts allein durch Häuserschluchten ging, wurde er melancholisch. Er fühlte sich ausgeschlossen und einsam. Er beneidete die Menschen in den Wohnungen um ihre Geborgenheit, ihre Träume, ihren Schlaf. Neidisch schaute er auf die noch beleuchteten Fenster.

Am Tage war das anders. Dann mischte er sich unter die Berliner und fühlte sich heimisch. Wenn ihn Touristen nach dem Weg fragten, antwortete er im einwandfreien Berlinisch. Noch Jahre nach seiner Berliner Zeit dachten viele, er stamme aus Berlin.

Vielleicht lag das daran, dass diese Zeit für ihn einer der schönsten Lebensabschnitte war, und wenn es sich beruflich ergeben hätte, wäre er dort geblieben. Er liebte diese Stadt und ihre großmäuligen Menschen. Sie waren trotz frecher Sprüche und lautem Mundwerk überaus liebenswert. Besonders natürlich die Frauen.

Geralds neue Eroberung wohnte in der Warschauer Straße. Der Ortsteil Friedrichshain war vor allem Arbeiterstadt. Er hoffte auf eine Neubauwohnung, wurde aber enttäuscht. Susanne, so hieß die Frau, wohnte in einem alten verfallenen Gründerzeithaus. Sie arbeitete im Glühlampenwerk Narva und stand dort in zwei Schichten am Fließband.

Auf knarrenden, ausgetretenen Treppenstufen stiegen sie in den vierten Stock. Doch die Wohnung überraschte ihn. Weiße Raufasertapeten und ein freundliches Licht stimmten ihn fröhlich.

Es ging ja bei jeder neuen Bekanntschaft zunächst einmal nicht nur um **einen** Besuch, und dafür sollte man sich schon entsprechend wohlfühlen.

Einziges Manko der Wohnung war, dass sich die Toilette eine Etage tiefer im Treppenhaus befand.

Doch jetzt sah er erst einmal das breite Bett und den großen Spiegel am Kleiderschrank. Er liebte es, sich bei

Vergnügungen mit Frauen im Spiegel zu betrachten. Das machte ihn scharf und kurbelte seine sexuelle Fantasie an.

Als sie sich schon nach kurzer Zeit ausgezogen hatten, musste er doch noch mal auf die Toilette. Nackt, wie sie beide waren, traten sie auf den Flur, schauten sich vorsichtig um und stiegen vorsichtig, um das Knarren der Treppenstufen abzumildern, hinunter.

Schon beim Auskleiden war Geralds Glied dermaßen erigiert, dass es steil nach oben ragte. Im Treppenhaus änderte sich das nicht. Beim Hinabsteigen stieß er damit immer wieder wie zufällig gegen Susannes Körper. Sie sah seinen Zustand und lächelte milde.

Als sie die Treppe wieder hochstiegen, ging die Beleuchtung aus. Ein Lichtschalter war nicht in der Nähe. Susann griff beherzt, aber vorsichtig nach seinem Schwanz und führte ihn auf diese Art in die Wohnung zurück. Sie zog ihn zärtlich, aber auch fest hinter sich her. Gerald war begeistert, das war ganz nach seinem Geschmack.

Als sie die Wohnungstür verschlossen hatte, küsste er sie noch im Stehen leidenschaftlich. Sie aber drängte ihn sanft ins Schlafzimmer. Eine solche Vorfreude wie in diesem Moment liebte er. Er war eigentlich immer das Beste an seinen Liebesbeziehungen. Wenn es dann zum Liebesakt kam, war das zwar schön, aber nie so, wie er es sich in seiner Fantasie ausgemalt hatte.

Auch diesmal war es nicht anders. Susanne kuschelte sich

an ihn, ließ sich ihre Brüste und auch die Innenschenkel streicheln, als er aber dann auf ihr lag und in sie drang, lag sie da wie ein Brett.

Ein leises, kaum zu hörendes Stöhnen war ihre ganze Aktivität.

Als er sie umdrehen und von hinten nehmen wollte, wehrte sie das ab. Sie wollte ihm in die Augen schauen, begründete sie die Ablehnung.

Später schmiegte sie sich eng an ihn, als wollte sie ihn nie wieder loslassen.

Gegen Morgen weinte ein Kind. Sie stand auf und er hörte ein beruhigendes Murmeln. »Du hast ein Kind?«, fragte Gerald überrascht. Mit einem sanften Lächeln bejahte sie die Frage. »Wenn du Lust hast, gehen wir heute in den Zoo. Dann kannst du sie richtig kennenlernen.«

Nach einem Familienausflug stand Gerald nicht der Sinn. Vielmehr grübelte er, wie er schnellstens aus dieser Wohnung verschwinden könnte. Sowohl die Nacht als auch das Kind waren für ihn eine Enttäuschung. Er wusste schon jetzt, dass er Susanne nicht wiedersehen wollte.

Trotzdem besuchte er sie Tage später noch einmal für eine Nacht. Dann ließ er sich einfach nicht mehr sehen. Ohne Erklärung blieb er weg.

Jahre später bedauerte er, wie er mit den Frauen umgegangen war.

Es gab Frauen, bei denen er sich schon beim ersten

Kuss überlegt hatte, wie er sie schnellsten wieder loswerden könnte, und oft fragte er beim Abschied nicht, wann sie sich wiedersehen würden.

Kann ein Mann mit seinen Trieben überhaupt gut sein? Die Frauen, das weiß Gerald heute, behandelte er jedenfalls schlecht. Er wollte mit ihnen die LIEBE erleben und schloss sie als Person aus. Er wollte sich aufheben für etwas Größeres, Schöneres, später.

Warum tat er das? Wartete er auf das Wunder der großen Liebe?

Es gab neben den Frauen für eine Nacht auch viele, mit denen er mehrere Wochen und Monate mehr oder weniger zusammen war. Mit einer sogar über ein Jahr.

Er war zu dieser Zeit Lehrling bei der Deutschen Bahn in Stendal und hatte das Mädchen bei einem Tanzabend im Lehrlingswohnheim der kaufmännischen Berufsschule kennengelernt. Ihren Namen konnte er sich nicht merken. Sicher auch deshalb, weil er sie von Anfang an nur Schatzi nannte.

Mehrmals in der Woche holte er sie aus dem Lehrlingswohnheim ab. Nach gemeinsam verbrachter Nacht ging sie wieder allein zurück.

Der Ablauf wurde zur Gewohnheit. Sie machte immer einen schläfrigen Eindruck. Auch ihre Stimme klang schläfrig. Wenn sie blinzelnd die Lider langsam senkte, dachte er, sie schläft gleich ein. Er sah das immer als Aufforderung, gleich ins Bett zu gehen. Nie hatte sie etwas dagegen. Mechanisch zog sie sich aus, legte BH und Slip sorgfältig über die Sessellehne und schlüpfte unter seine

Decke. Und wenn sie erschöpft einschlafen wollten, legte sie immer ihren Kopf auf Geralds Brust.

Wie kam es, dass sie so lange zusammen waren? Er glaubt, weil sie so wenig miteinander redeten. So ist er ihrer nicht überdrüssig geworden. Sie fragte nicht, was er so trieb, las nicht und ging auch nicht ins Kino. Auch redete sie nicht über sich.

Sie schien nur für diese Schäferstündchen zu leben. Ihr Kopf an seinem Herz – das blieb ihm in Erinnerung.

Er weiß nicht mehr genau, wann es zu Ende ging, aber den Kopf auf seiner Brust vermisste er noch eine ganze Weile. In den ersten Nächten ohne sie konnte er nicht einschlafen.

Er verlagerte den Kopf mal nach links, mal nach rechts. Deckte sich bis zur Nase zu und wieder ab. Verdammt, was war los mit ihm?

Er quälte sich und fand, dass er oberflächlich leicht, zu leicht, atmete. Und da fiel es ihm ein: Es fehlte Schatzis Kopf. Er knipste irritiert das Licht an und begann zu lesen. Und erst als ihm vor Müdigkeit das Buch auf die Brust sank, konnte er einschlafen. Ohne dieses Ritual kann er auch heute noch nicht richtig einschlafen.

Das Studium in Berlin ging viel zu schnell vorbei. Angstvoll zählte Gerald die Tage, die noch übrigblieben. Sicher war die Zeit deshalb so schnelllebig, weil immer wieder neue Abenteuer auf ihn warteten.

Hatten die Freunde mal keine Lust auf Berlin, hielten sie sich an der Hochschule schadlos. In ihrer Studiengruppe gab es zwar keine Frauen, die für sie infrage kamen, aber ringsherum gab es genügend Gelegenheiten.

Gerald hatte sich mit einer hübschen Buchhändlerin angefreundet. Zunächst nur, um an gute Bücher heranzukommen. In der DDR war es schwierig, Bücher von Schriftstellern aus dem kapitalistischen Ausland zu erwerben. Sie wurden zwar verlegt, aber nur in geringer Auflagenhöhe. Der in der DDR ansässige Aufbau-Verlag erhielt dafür von renommierten Verlegern wie Rowohlt oder Suhrkamp die Genehmigung.

Durch diese Buchhändlerin, die in der Woche jeden Tag in der hochschuleigenen Buchhandlung arbeitete, kam er an Hermann Hesses »Steppenwolf«, Hemingways »Der alte Mann und das Meer« und »Inseln im Strom«. Erst nach einiger Zeit fiel ihm auf, dass sie auch hübsch war. Allein ihre Figur gefiel ihm außerordentlich gut, dazu hatte sie ein sanftes, verträumtes Gesicht. Ihre Haut wirkte geschmeidig und erinnerte ihn an weißes Porzellan.

Sie war immer gut gekleidet, nie hatte sie länger als einen Tag das Gleiche an. Immer öfter hielt er sich daher in der Buchhandlung auf und schaute sich mit wachsendem Interesse nicht nur die Bücher in den Regalen an.

Mit Wohlwollen betrachtete Geralds Zimmerkollege Hans seine Wahl. Nach einigen Wochen fragte er ihn, worauf er warte. Gerald war irritiert, woher sollte er wissen, dass die Buchhändlerin ihn auch wollte. Verschmitzt, mit erstauntem Blick, schalt er ihn ein blindes Huhn.

Jeder sähe doch, wie sie Gerald mit ihren Augen vernaschte. Man komme in Gefahr, wenn man diese Blicke kreuzte, einen Blitzschlag zu erleiden. Nur er schien nichts zu merken.

Doch er hatte Hemmungen, sie anzusprechen. War es Ehrfurcht inmitten der Bücher, meinte er, sie sei vielleicht zu intellektuell und hasste plumpe Anmache?

Als Gerald eines Tages allen Mut zusammennahm und sie fragte, ob sie mit ihm an einem Wochenende verreisen würde, sagt sie, ohne lange zu überlegen, zu. Dabei waren ihre Wangen gerötet, und ihr schüchterner Blick stand im Gegensatz zu ihrer entschlossenen Stimme. Es war, als hätte sie schon seit ewigen Zeiten auf diese Einladung gewartet.

Sie schlug das kommende Wochenende vor, und so fuhren sie gemeinsam nach Potsdam.

Eine gemeinsame Nacht an der Hochschule zu verbringen, war gefährlich. Den Angestellten war es streng verboten, eine Beziehung mit den Studenten anzufangen. Leicht könnte sie ihren Job verlieren. Auch Gerald, der zu dieser Zeit noch verheiratet war, hätte erhebliche Schwierigkeiten bekommen. Die sozialistische Moral war in der Beziehung unerbittlich. Trotzdem gingen weit über fünfzig Prozent der DDR-Bürger regelmäßig fremd.

Die Zugfahrt nach Potsdam war für beide belastend. Jeder wusste, was kommen würde, und so versuchten sie, diese Anspannung durch belangloses Plaudern zu überspielen. Gerald konnte sich nicht auf das Gesagte konzentrieren und verlor wiederholt den Faden des Gesprächs.

Alles, was er sagte, klang hohl und langweilig. Sie bemühte sich, aufmerksam zuzuhören. Um nicht den gleichen Fehler zu machen, stellte sie ihm immer wieder Fragen. So zog sie sich geschickt in die Rolle der Zuhörerin zurück.

Sie trauten sich beide nicht, sich tief in die Augen zu schauen. Ihre Blicke wichen sich permanent aus. Die vorbeisausende Landschaft war dabei ein dankbares Alibi.

Als sie am Hauptbahnhof ausstiegen und zu Fuß zu ihrem Hotel gingen, kam ihnen diese Zeit endlos vor. Gerald hatte sich das romantischer vorgestellt. Vorfahrt mit schnittigem Auto, wenigstens mit einem Trabbi, das Aufhalten der Tür durch einen Hotelpagen, dann entspannt mit dem Lift fahren.

Stattdessen schlichen sie getrennt durch die Eingangstür und über die langen Flure. Beide mit einem schlechten Gewissen.

Aus Angst, entdeckt zu werden, checkten sie unabhängig voneinander ein. Gerald ärgerte sich, dass sie zwei Hotelzimmer gebucht hatten, aber nur eines brauchten. Er war sich nicht sicher, ob sie Schwierigkeiten bekommen hätten, wenn sie als Liebespaar ein Zimmer bestellt hätten. Er hatte noch nicht davon gehört, dass man eine Eheurkunde vorzeigen musste.

Jeder bezog also sein Zimmer. Wie sollte es nun weitergehen? Die sonst immer in ihm aufkommende Vorfreude war dahin, die Stimmung im Keller. Ihm fröstelte und die ganze Situation war unbehaglich.

Erstmals wusste er nicht, wie er beginnen sollte. Doch Gerald musste sich darüber nicht lange den Kopf zerbrechen. Schon nach kurzer Zeit klopfte es und sie stand in der Zimmertür, nur bekleidet mit einem kurzen Nachthemd. Als er sie ungeschickt umarmte und seine Hände am Rücken nach unten tasteten, merkte er, dass sie kein Höschen trug. Dann ging alles schnell. An Details konnte und wollte er sich wohl im Nachhinein nicht mehr erinnern, nur dass er sie am nächsten Morgen schnell loswerden wollte.

Was er allerdings nie vergaß, war die Diagnose seines Arztes ein paar Tage später: Er hatte sich einen Tripper eingefangen. So endete dann die Berliner Zeit.

Direktor des Kulturhauses

Als Gerald feierlich durch Frank Harder, den Gewerkschaftsboss der Magdeburger Motorenfabrik, in sein neues Amt als Direktor des Betriebskulturhauses eingeführt wurde, war er aufgeregt, aber auch voller Tatendrang. Er fühlte sich groß und erhaben und er brannte darauf, dieser bedeutenden kulturellen Einrichtung seinen Stempel aufzudrücken. Er sprühte vor Ideen und konnte deren Umsetzung gar nicht abwarten. Während seines Studiums hatte sich eine Fülle von Ideen angesammelt, die sich in seinem Innersten regelrecht auftürmten und darauf drangen, endlich rausgelassen zu werden. In Gedanken sah er eine bunte, vielfältige, attraktive Kultur- und Kunstszene, die von erlebnishungrigen Besuchern überrannt und vereinnahmt wurde. Was wäre, wenn es ihm gelänge, Elemente der reichen und vielfältigen Berliner Kunst- und Kulturszene nach Magdeburg zu transportieren? Die vielen von ihm besuchten Theateraufführungen hatten ihn dazu inspiriert, mit einer Laientheatergruppe ähnliche interessante Inszenierungen auf die Bühnen zu bringen. Buchlesungen mit musikalischer Umrahmung, Galeriegespräche, frivole musikalisch-literarische Abende, kleine Musicalaufführungen, Jazz- und Rockkonzerte. Unendlich waren die Möglichkeiten da. Berlin war für Gerald die Wiege der kulturellen und künstlerischen Geburten. Ihm leuchtete nicht ein, warum nicht auch in einer Bezirksstadt wie Magdeburg Neues gebraucht wurde.

Die Umsetzung war aber nicht so leicht, wie er es sich in seiner jugendlichen Begeisterung gedacht hatte. Man wollte im Kulturhaus »Wilhelm Pieck«, das im Volksmund nur MOFA (wie Motorenfabrik) genannt wurde, an Altem und Bewährtem festhalten, schon allein um die Existenzberechtigung der dienstältesten Mitarbeiter und der leitenden Angestellten zu wahren.

In seiner Einführungsrede vor der Belegschaft bat Harder die Mitarbeiter und vor allem die Abteilungsleiter um Unterstützung für den neuen Kulturhausleiter. Er erhoffe sich vom Absolventen der Hochschule neue Ideen und einen modernen Leitungsstil, hieß es.

Im kleinen Saal des Kulturhauses waren alle einhundert Mitarbeiter versammelt. Es herrschte hohe Aufmerksamkeit, man könnte aber auch sagen, eisiges Schweigen. Vorwiegend betretene Gesichter. Er schaute unsicher in die Runde. Die meist teilnahmslosen, geringschätzigen Blicke verursachten bei Gerald ein lähmendes Gefühl, unterlegen, schwach und auch wertlos zu sein.

Nur die jüngeren, vor allem weiblichen Angestellten blickten dem Neuen neugierig in die Augen. Und da auch die Sonne freundlich durch die hohen Fenster schien und die großen Wandbilder mit hemdsärmeligen Arbeiterfiguren nicht mehr so düster aussahen, schaute Gerald nicht ganz so deprimiert in die Runde.

Der Vorsitzende der Zentralen Betriebsgewerkschaft des Motorenwerkes lobte den neuen Kader. Besonders den guten Hochschulabschluss hob er hervor. »Ich bin davon überzeugt, dass heute eine neue Ära im geistig kulturellen Leben dieses Hauses anbricht«, beendete der Gewerkschaftchef seine Rede.

Spärlicher Beifall, ein provokant lautes Stühlerücken und erleichtertes Gemurmel waren der Schlusspunkt.

Alle liefen auseinander, und Gerald fühlte sich plötzlich sehr allein. Seine Gedanken überschlugen sich. War er der Aufgabe gewachsen? Was passierte, wenn ihm die Belegschaft die Gefolgschaft verweigerte? Was, wenn er hier mit Pauken und Trompeten scheiterte? Wie ginge es dann weiter? Was könnte er dann tun?

Auf keinen Fall wollte er in den Gewerkschaftsapparat. Viele seiner Mitstudenten bekamen Posten wie Sekretär für Bildung und Kultur in den FDGB-Bezirks- und Kreisleitungen.

Ihm war völlig unklar, ob man dort eine sinnvolle Aufgabe bekam. Aus den Schilderungen solcher Funktionäre wusste er, dass man auf jeden Fall ständig in Sitzungen saß, eigentlich nur redete und an einer Wertschöpfung nicht beteiligt war. Agitation und Propaganda waren das Aufgabengebiet dieser Funktionäre, also Leute für die Sache des Sozialismus zu begeistern. Das war nichts Greifbares.

Gerald wollte gestalten, sehen was er geschaffen hatte, wollte an einem Produktionsprozess teilhaben und das Produkt nach seinen Vorstellungen formen.

Durch den schmalen, düsteren Bühnengang des kleinen Saals wurde er von Harder persönlich in sein Büro begleitet. Dort standen auf dem braun polierten Konferenztisch, obwohl es erst später Vormittag war, eine Platte mit belegten Brötchen, ein paar Flaschen Bier und eine große Flasche Nordhäuser Doppelkorn.

In der DDR wurde bei jeder sich bietenden Gelegenheit Alkohol getrunken. Alkohol war eines der wenigen Produkte, das in den Konsumregalen immer vorrätig war. Dass in der DDR viel Alkohol getrunken wurde, scheint überraschend zu sein, denn Schnaps war nicht gerade billig. Eine Flasche kostete zwischen fünfzehn und achtzig Mark. Das Durchschnittsgehalt lag im Vergleich dazu nur bei fünfhundert Mark im Monat.

Schlauberger aus dem Westen begründeten das damit, dass der hohe Alkoholkonsum eine Art Flucht vor dem grauen DDR-Alltag war. Der Wahrheit näher kamen wohl das große Gemeinschaftsgefühl, das in den Kollektiven der Betriebe und Institutionen herrschte, und eine existenzielle Sorglosigkeit. Keiner wurde fallen gelassen. Sogar Alkoholiker und Arbeitsbummelanten landeten nicht auf dem Abstellgleis, sondern wurden immer mit einbezogen.

Als Harder, der BGL-Vorsitzende und die Parteisekretärin des Kulturhauses mit Gerald das Büro betraten, war die Sekretärin schon dabei, den Schnaps einzuschenken. Harder nahm sich ein Glas und brachte einen Toast auf den neuen Kulturhausleiter aus.

Bei diesem einen Glas blieb es nicht.

Als Harder am späten Nachmittag dann mit nochmaligen guten Wünschen das Büro beschwingt verließ, brachen auch die anderen sofort auf. Mit einem alkoholgeschwängerten Kopf blieb Gerald zurück, und nur die Sekretärin, die ihm einen Kaffee brachte, schmälerte seine Einsamkeit etwas.

Am nächsten Morgen hatte er sich wieder gefangen und war voller Tatendrang. Während der morgendlichen Zugfahrt von Stendal nach Magdeburg kreisten seine Pläne im Kopf herum, und nur ein leichter Kopfschmerz hinderte ihn an fast euphorischen Reaktionen.

Er war sich sicher, dass er dieses Haus zu einem Magneten für Kultur- und Kunstinteressierte machen würde.

Als er vor der großen Freitreppe stand und den monumentalen Stalinbau von der Sonne beschienen sah, war er wieder voll motiviert.

Emerson sagt, das Leben besteht aus dem, was der Mensch tagsüber denkt. Wenn das so ist, kann seine Mission in diesem Haus gar nicht scheitern. Gerald denkt den ganzen Tag nur noch an die Umsetzung seiner Ideen.

Doch zunächst eckte er erst überall an. Sein Erneuerungsdrang, sein staatsbürgerlicher Übereifer, sein spröder Sinn für Humor, all das, was ihn aus seiner Sicht eigentlich schätzenswert machte, trug ihm das Misstrauen der älteren Kollegen und den verdeckten Spott der Jungen ein.

Die erste Leitungssitzung war eine Katastrophe. In seinen einleitenden Worten formulierte er die zukünftigen Aufgaben. Insbesondere wollte er neue attraktive Ver-

anstaltungen initiieren, aktuell nachgefragte Arbeitsgemeinschaften und Zirkel gründen und den DDR-typi-
schen, ungastlichen gastronomischen Bereich qualitativ
verbessern. Auch die räumlichen Bedingungen sollten
moderner werden.

Er wollte, dass die Magdeburger dieses Haus zu ihrer
kulturellen Heimat wählten und rege bevölkerten.

Natürlich fanden schon vor ihm Veranstaltungen statt,
die gut besucht waren, und auch zahlreiche Arbeitsgemeinschaften trafen sich regelmäßig in den Räumen des
Hauses, aber mit der Zeit waren diese angestaubt und
langweilig geworden.

Krampfhaft wurde in den Zirkeln und Arbeitsgemeinschaften auf den sozialistischen Inhalt gedrungen, dabei
blieben Spaß und Freude oft auf der Strecke.

Die Zirkelmitglieder hatten irgendwann frustriert aufgegeben, innovativ zu arbeiten. Das fand, wenn überhaupt,
nur noch im Privaten statt.

Gerald staunte nicht schlecht, als ihm ein Mitglied
der Fotogruppe heimlich eine Serie von Magdeburger
Häuseransichten zeigte. Meisterhaft fotografiert, sah
man auf den Bildern den Verfall und die deprimierende
Trostlosigkeit der Stadt.

Das war nicht gern gesehen, doch für Gerald gehörte
zum Sozialismus auch Kritik, das Offenlegen von Män-
geln. Nur so konnte er sich weiterentwickeln.

Immer wieder unterbrachen ihn vor allem die alten Kader in der Sitzung. Er staunte über deren Dreistigkeit.

Hatten sie überhaupt keinen Respekt vor ihrem neuen Vorgesetzten? Geralds Selbstbewusstsein machte eine Berg- und Talfahrt. Jede neue Idee wurde erst einmal zerredet und als ungeeignet verworfen. »Das haben wir schon immer so gemacht«, war ein oft zitierter Satz.

Mit viel Mühe brachte er die erste Sitzung zu Ende. Er war erschöpft, ausgelaugt, überhaupt nicht mehr optimistisch und schon gar nicht motiviert.

Als er spät am Abend mit der Bahn nach Hause fuhr, grübelte er ununterbrochen. Dabei rasten im Takt des ratternden Fahrgestells dunkle Landschaften an seinem Fenster vorbei.

Er rief noch einmal die Tagesereignisse in sich ab.

Vor allem aber die Gesichter seiner Kritiker ließ er Revue passieren. In Nuancen versuchte er, Gesichtsausdrücke zu unterscheiden. Wer war dabei Freund, wer Feind oder sogar Todfeind?

Schon von Kind an konnte er in den Gesichtern lesen, wie seine Mitmenschen zu ihm standen, und im Kindergarten wusste er, wer auf seiner Seite war und wer ihm unversöhnlich gegenüberstand. Besonders die Augen plauderten alles aus, was eigentlich hinter der Stirn verborgen gehalten werden sollte. Schon dort gab es Kinder, die ihm ihren Unmut nicht offen ins Gesicht sagten und darüber schwiegen. Vielleicht lag es daran, dass seine Mutter eine der Kindergärtnerinnen war und sie Sanktionen befürchteten.

Die teilweise feindlichen und hasserfüllten Blicke ängstigten ihn. Das ließ ihn sein ganzes Leben nicht mehr los.

Immer hatte er Angst, dass ihm jemand in den Rücken fallen und sein Ansehen beschädigen könnte. Das war sicherlich der Grund, dass er die Studien der Gesichter weiter vertiefte, um rechtzeitig gewarnt zu sein. Er hatte Gesichter sehen gelernt, aus denen nicht nur Hass, sondern sogar Grausamkeit sprach.

Diese Fähigkeit hatte ihn bisher vor Enttäuschungen und dem Verlust seiner Würde bewahrt.

Schon in der Schulzeit suchte er sich nur ihm wohlgesonnene Mitschüler als Freunde aus. Die anderen mied er konsequent. Er ließ sich zu keiner Zeit mit ihnen ein.

Vier wie Pech und Schwefel verbundene Freunde waren das Ergebnis.

Sie trafen sich regelmäßig, um die neusten Rocksongs zu diskutieren und die Hitparaden rauf- und runterzuhören. Erst das Ende der Schulzeit konnte sie trennen.

In der Lehre fand er dann wieder drei enge Freunde, die vor allem das Interesse an Mädchen und Rockmusik teilten. Höhepunkt dieser Freundschaft war die Gründung der Band »Team 4«, die in kleinen Clubs auftrat und eigentlich nur dem Zweck der Eroberung von Mädchen diente. Bei Konzerten hatte Gerald beobachtet, wie Mädchen die Musiker anhimmelten, und er staunte, dass nicht gerade schöne Männer die schönsten Frauen abschleppten.

Sex, Rockmusik, Freunde und Spaß haben war in dieser Zeit der Lebensinhalt.

Die Ausbildung zum Schienenfahrzeugschlosser interessierte ihn nicht. Sein Vater hatte ihm die Lehrstelle besorgt. Auch er hatte diese Ausbildung absolviert und sich bis zum Lokführer hochgearbeitet. Gerald fand eine derartige Karriere nicht erstrebenswert.

Die Ausbildungsinhalte langweilten ihn. Er hoffte, da irgendwie durchzukommen, um dann zu schauen, wo er beruflich glücklicher werden könnte.

Auch während des Studiums fanden sich vier gute Freunde zusammen. Seine Einstellung zum Leben hatte sich auch da nicht sonderlich verändert.

Doch jetzt sah das anders aus. Er hatte plötzlich die Verantwortung für seine Mitarbeiter. Konnte Gerald sich bis dahin sein Umfeld aussuchen, so ging das mit dem Eintritt ins neue Berufsleben nicht mehr. Plötzlich rückten ihm einhundert Mitarbeiter auf die Pelle, und mit allen sollte er auskommen. Als Resultat dieser Grübeleien schaute er immer trotzig nach vorn.

Er wollte es allen zeigen. Gerald hatte einen gewaltigen Hunger auf Erfolg, Anerkennung und Lob. Er musste dafür in Form sein, immer fit, Augen und Ohren offen, gewappnet gegen Sentimentalitäten, gegen ablenkende Träume und unwürdige Heimsuchungen. Er bekämpfte Weichheit mit asketischer Lebensweise, eisigen Bädern, Schlafen in frostklirrender Kälte und mit dem Stählen seiner Muskulatur.

Diese strenge Pflicht brachte ihm eine Art Grundzufriedenheit, die er brauchte, um mit Energie die Arbeit anzugehen.

Er scheute sich nicht vor über fünfzehn Stunden Arbeit, immer mit dem Ziel, große Projekte auf den Weg zu bringen.

Doch der Widerstand gegen den neuen Chef wurde massiver. Mitarbeiter versuchten, ihm Beine zu stellen und nachzuweisen, dass er in seiner Arbeitsweise nicht die Prinzipien des Sozialismus umsetzte und ja, sogar die führende Rolle der Arbeiterklasse negierte. Immer waren seine Kritiker auf der Suche nach Verfehlungen.

Wiederholt hatte er Gewerkschaftsversammlungen der ZBGL des Motorenwerkes zugunsten des Tagesgeschäfts im Kulturhaus geschwänzt. Kollegen, die an zentralen Parteiveranstaltungen teilnehmen sollten, versagte er die Freistellung. Es leuchtete ihm nicht ein, dass Mitarbeiter, die im Haus dringend gebraucht wurden, auf Versammlungen die Zeit totschlugen.

Auch in den monatlichen hauseigenen Versammlungen der Partei- und Gewerkschaftsmitglieder des Kulturhauses sah er wenig Sinn.

Immer wieder kamen die Parteisekretärin und der BGL-Vorsitzende auf ihn zu und baten um Vorschläge zur Tagesordnung. Sie selbst hatten keine Ideen.

Das, was bisher in den Versammlungen besprochen wurde, war meistens an den Haaren herbeigezogen. Oft kauten die Funktionäre die in den Zeitungen umfangreich rezensierten politischen Ereignisse noch einmal durch.

Am schlimmsten war es, wenn Erich Honecker auf einem Plenum der Partei eine Rede gehalten hatte. Aus den allgemein gehaltenen Worten sollte man den weiteren Werdegang des Sozialismus ablesen.

Sie wollten dann auch jedes Mal von Gerald in einer Stellungnahme wissen, welche Schlussfolgerungen er daraus für seine Arbeit im Kulturhaus zog.

Was sollte er mit Phrasen wie »Allein der Sozialismus gibt eurem Leben Sinn und Inhalt« oder »Seid auch künftig selbstlos und beharrlich, ideentreu und ergeben gegenüber eurem sozialistischen Vaterland, der Deutschen Demokratischen Republik« anfangen?

Diese jeden Monat festgelegten Versammlungen lehnte er oft aus Zeitmangel ab. Er konnte Vorbereitungen von Veranstaltungen nicht einfach unterbrechen.

Es kam zu wiederholten mahnenden Gesprächen in der Partei und Gewerkschaftsleitung des Motorenwerkes. Ihn wunderte immer wieder, wie gut sie im Werk über sein Handeln Bescheid wussten.

Da ihm aber auch diese Aussprachen Zeit stahlen, änderte er seine Taktik. Er nutzte die Partei- und Gewerkschaftsversammlungen des Kulturhauses, um seine neuen Ideen vorzustellen und zu begründen. Durch die wässrigen Beschlüsse des Partei- und Staatsapparates konnte man diese so und so deuten. Wenn zum Beispiel das geistig-kulturelle Leben der Werktätigen verbessert werden sollte, brachte er seine neuen Veranstaltungsreihen und Arbeitsgemeinschaften ins Spiel.

Er stellte dort neue Konzepte vor und konnte sich bei

Ärger immer auf die vorherige Diskussion in der Partei- beziehungsweise Gewerkschaftsgruppe berufen. Das hörte sich erst einmal gut an. Alles, was vorher in diesen Gremien diskutiert wurde, war ja nun von Partei und Gewerkschaft abgesegnet.

Die Parteisekretärin und der BGL-Vorsitzende merkten nicht, wie Gerald sie benutzte. Beide waren froh, wenn die Versammlungen einen Inhalt hatten und überhaupt stattfanden.

Diese ganze schwierige Anfangssituation war der Grund, warum Gerald sich in den ersten Monaten noch nicht mit den Frauen im Betrieb beschäftigt hatte, sondern sich ganz in die Arbeit stürzte.

Nach dem Scheitern seiner ersten Ehe hätte er schon gern ein neues Verhältnis begonnen, aber er traute sich noch nicht.

Natürlich hatte er in den ersten Tagen die Lage sondiert und festgestellt, dass etliche Frauen nach seinem Geschmack waren. Aber dabei blieb es erst einmal. Für Eroberungen brauchte er einen kühlen und keinen mit Sorgen vollgestopften Kopf. Schlaflose Nächte ließen ein Begehren gar nicht aufkeimen. Er wälzte sich im Bett und analysierte jeden Tag bis ins kleinste Detail.

Immer und immer wieder rief er die Gesichter seiner Widersacher auf der Suche nach denen, die ihm schaden wollten, in sich ab.

Da war zum einen Horst Haberstroh, ein drahtiger Kettenraucher, der ihm zwar übertrieben freundlich, sogar betont fürsorglich entgegentrat, aber seine Augen waren voller Spott und Hass, wenn Gerald seine Vorhaben erläuterte.

Als Leiter der Veranstaltungsabteilung fuhr er seit Jahrzehnten immer das gleiche Programm: etwas Artistik, Schlager, einen Humoristen und ein Tanzorchester. Das Ganze oft mit den immer gleichen, in die Jahre gekommenen Künstlern.

Es hatte sich über die Zeit eingebürgert, dass das Publikum während der Aufführungen an den Tischen hemmungslos miteinander redete, sich dem Essen widmete oder den Saal verließ und sich an der Foyer-Bar betrank. Die Künstler taten Gerald leid.

Ein weiterer Abteilungsleiter war Peter Melk. Er hatte die fünfzig schon lange überschritten und hatte anscheinend nicht vor, noch große Bäume auszureißen. Sein immenses Körpergewicht passte zu seiner behäbigen Arbeitsweise.

Er dachte schon an seinen Lebensabend, an Rente und Zusatzversicherung. Wenn Gerald ihn überraschend in seinem Büro besuchte, starrten seine wässrigen Augen oft mit tief hängenden dicken Tränensäcken ins Leere.

Melk war technischer Leiter und fuhr gemeinsam mit Horst Haberstroh seit Jahren den gleichen Stiefel. So hatte sich die Bühnendekoration seit über zwanzig Jahren nicht verändert. Weißer, geraffter Tüll im Hintergrund und davor eine große Pappblume und die

Buchstaben des jeweiligen Mottos der Veranstaltung. Das war alles.

Dabei gab es eine eigene Dekorationsabteilung mit einem ausgebildeten Dekorateur. Diese Abteilung beschränkte ihre Tätigkeit allerdings auf das Ausbessern der alten Dekorationselemente, neue Ideen gab es nicht. Da der Dekorateur gleichzeitig BGL-Vorsitzender des Kulturhauses war, saß er mit in den Leitungssitzungen und tat alles, um dieses ruhige Leben auf der Arbeit zu erhalten.

Immer, wenn man die Werkstatt aufsuchte, wurde gerade Kaffee getrunken, gefrühstückt oder zu Mittag gegessen. Nie traf Gerald dort jemand bei einer Arbeit an.

Ausreden gab es reichlich: gewerkschaftliche Gespräche mit den Kollegen, die Vorbereitung von BGL-Sitzungen oder die Verbesserung des Arbeitsklimas.

So ging es in den ersten Leitungssitzungen hauptsächlich um das Wohl der Mitarbeiter und nicht um den kulturellen Produktionsprozess. Er sollte als erste Amtshandlung eine Frühstückspause für alle Mitarbeiter mit einem breiten gastronomischen Angebot einführen.

Der Gaststättenleiter Hans Löker, ebenfalls Mitglied des Gremiums, hatte seinen beruflichen Zenit ebenfalls schon überschritten. Er gefiel sich in der Rolle, den größten Beitrag bei der Erarbeitung des Kulturhausumsatzes zu leisten. Dabei hatte die Gaststätte einen schlechten Ruf bei den Gästen. Es gab häufig Kritik an der schleppenden und unfreundlichen Bedienung.

Der hohe Umsatz kam nur durch die betrieblich subventionierten Großveranstaltungen der Motorenwerke zustande.

Ein weiteres Leitungsmitglied war die Leiterin der Buchhaltung, Marion Jaeckel. Sie sah so aus, wie man sich eine Buchhalterin vorstellt: blass, graue Haare, ausgemergelte Figur in grauem Kostüm. Das einzig Auffallende an ihr war ihre Hakennase. Gerald stellte sich immer vor, dass ein Adler über ihm kreiste und nur darauf wartete, sich auf ihn zu stürzen. Da Jaeckel gleichzeitig Parteisekretärin des Hauses war, war sie das Schwergewicht des Leitungsgremiums.

Nun muss man wissen, dass es in der DDR-Kulturpolitik nicht um effektives und rationales Arbeiten ging, sondern vor allem um die politische Ausrichtung der Veranstaltungen. Immer mit dem Ziel der ruhmreichen Darstellung der herrschenden Arbeiterklasse. Die Kosten spielten dabei eine geringere Rolle.

Durch den Kultur- und Sozialfonds des Motorenwerkes mit über zwölftausend Beschäftigten stand so viel Geld zu Verfügung, dass es oft schwer war, alles termingerecht auszugeben. Blieb Geld über, bekamen die Verantwortlichen manchmal sogar Ärger.

Eigentlich war die Situation komfortabel. Es waren genügend finanzielle Mittel vorhanden, um Neues zu entwickeln und auch mal einen Flop zu riskieren, doch die Leiterin der Buchhaltung tat so, als ob das Geld ihr gehörte. Nie gab sie ohne Wehklagen Gelder frei.

Als Gerald wieder mal mit viel Mühe eine Leitungssitzung hinter sich gebracht hatte, fühlte er sich wie so oft leer und ausgelaugt. Obwohl es erst kurz nach vierzehn Uhr war, fuhr er zum Bahnhof. Er wollte so schnell wie möglich nach Hause.

Der Zug nach Stendal fuhr gefährlich zischelnd ein. Es roch nach Eisenbahn, eine Mischung aus Ruß und Pisse. Gerald sah aus dem Fenster. Die Landschaft zog wie ein Film an ihm vorbei, vertont durch das sich immer wiederholende Rattern der Wagenräder. Die Bäume des Waldes waren mit Raureif überzogen. Er versuchte, darin etwas Tröstliches zu entdecken.

Je näher er Stendal kam, je mehr empfand er eine Art Heimatgefühl. Doch das half ihm nicht weiter. In Stendal wartete nur seine Tochter auf ihn.

Seine Freunde, die auch Freunde seiner Frau waren, hatten sich nach ihrer beider Entfremdung nach und nach von ihm abgewendet. Jetzt sollte Magdeburg seine neue Heimat werden. Aufgewühlt ging er auf den Gang. Der Zug ruckelte über Weichenfelder. Er taumelte hin und her. Als der Zug hielt und ihm ein Hauch von Steinkohleruß und beißende Kälte entgegenwehte, wusste er, was er zu tun hatte.

Gerald wurde klar, dass er mit den alten Kadern nicht weiterkam. Sie waren einfach nicht in der Lage, neu zu denken und neue Wege einzuschlagen.

Ein Leistungs- und Konkurrenzdenken war ihnen fremd, wurde aber in den DDR-Kollektiven auch kaum gefördert.

Doch wie sollte er vorgehen, er konnte ja nicht alle feuern. So begann er, sich Verbündete in der zweiten Reihe zu suchen. Junge Mitarbeiter erkannten die Chance, dass ihre in den Schubläden schlummernden Vorschläge vielleicht doch noch umgesetzt werden könnten. Mutig legten sie Gerald neue Konzepte auf den Tisch. In seinem Büro herrschte ein reges Kommen und Gehen.

Seine Tür stand schon von Beginn seiner Tätigkeit jedem offen. Immer wieder forderte er die Mitarbeiter auf, bei Problemen zu ihm zu kommen. Doch genutzt hatten das bisher nur die Abteilungsleiter.

Sie kamen jammernd mit jedem kleinen Problem zu ihm. Oft ging es dabei um Verfehlungen von Mitarbeitern und anderen Leitern.

Das Denunziantentum war das Einzige, was sich im Haus entwickelte. Jeder versuchte, sich mit nicht geahntem Engagement ins rechte Licht zu rücken. Jetzt platzten plötzlich Mitarbeiter in die Runden. Erstaunt und misstrauisch wurde das Treiben beäugt.

Gezielt stellte Gerald auch neue Mitarbeiter mit kreativem Potenzial ein und platzierte sie um die alten Kader herum. Die wurden regelrecht umzingelt und sahen sich plötzlich mit Widerstand konfrontiert.

Diese Kollegen saßen plötzlich mit in den Leitungssitzungen. Mit ihnen entwickelte Gerald ein allumfassendes Konzept zur Verbesserung der Attraktivität des Kulturhauses.

So veränderte er still und leise die Leitungsstruktur und entmachtete damit schleichend seine Kritiker.

Die Abgehalfterten lagen nun aber auf der Lauer und es käme ihnen gut zupass, Gerald für Verstöße an der sozialistischen Moral dranzukriegen. Neben der Missachtung der führenden Rolle der Arbeiterklasse war das eines der größten Vergehen in der DDR. So hielt er sich mit Frauen weiterhin zurück, doch achtete er bei Neueinstellungen von weiblichen Mitarbeitern neben den beruflichen Fähigkeiten auch auf das Äußere.

Er hatte es sich angewöhnt, jeden Morgen gleich nach seinem Eintreffen durch das Haus zu gehen. Zum einen prüfte er die Ordnung und Sauberkeit und den Vorbereitungsstand der jeweiligen Veranstaltungen, zum anderen wollte er in die Gesichter seiner Mitarbeiter sehen.

Dabei ging er erst in die Bereiche, in denen er sich nicht so wohlfühlte und in denen seine Kritiker immer noch das Sagen hatten. Das war als Erstes immer die Dekorationsabteilung mit dem dort thronenden BGL-Vorsitzenden.

Schleimig begrüßte dieser den Kulturhausleiter im weißen Arbeitskittel und lobte ihn für den zunehmenden Aufenthalt an der Basis. Gerald hielt sich dort nur kurz auf.

Auch dem technischen Leiter widmete er nur ein paar Minuten. Länger hielt er sich bei dessen Mitarbeitern auf. So trank er mit den Reinigungskräften einen Kaffee und plauderte mit den Heizern über die Verbesserung der Arbeitsbedingungen im Heizungskeller.

Auch für die Handwerker nahm er sich Zeit, wusste er doch, dass gerade sie in der sozialistischen Mangelwirtschaft ein wichtiger Grundstein für die Umsetzung neuer Ideen waren. Alle drei waren handwerklich begabt und konnten Altes wieder neu machen und Defektes immer wieder reparieren.

Die Veranstaltungsabteilung wiederum besuchte er nur kurz. Er hatte es aufgegeben, hier Neues zu fordern. Haberstroh schien gar nicht zu begreifen, was er von ihm wollte. Er sah die gut besuchten Veranstaltungen der Motorenbauer und sah überhaupt keinen Sinn für eine Veränderung.

So verwies Haberstroh auf die immer gute Stimmung im Saal. Dass das nichts weiter als große, betrieblich organisierte Besäufnisse waren, wollte dieser wohl nicht wahrhaben.

Die meiste Zeit widmete Gerald der Abteilung Volkskunst. Hier saßen mittlerweile eine ganze Reihe kreativer Köpfe, und jedes Treffen endete mit neuen Ideen und Vorschlägen.

Es machte Spaß, mit diesen Mitarbeitern zu plaudern, sich auszutauschen und Neues zu entwickeln. War davon auch manches nicht so leicht realisierbar, waren manche Ideen auch noch nicht ausgereift, ging vieles auch noch an den Bedürfnissen der Bevölkerung vorbei, so gab es trotzdem einiges, was sich leicht umsetzen ließ.

Stets ging er motiviert aus diesen Gesprächen, eine blendende Zukunft des Kulturhauses im Blick.

Gerald wollte machen. Wenn er von etwas überzeugt war, wollte er es schnell machen, wollte er das Ergebnis ohne lange Verzögerungen präsentieren. Er hielt nichts von langen Vorlaufzeiten und langen Reden, und schon gar nichts von endlosen Genehmigungsrunden staatlicher und gewerkschaftlicher Organe. Dort, so seine Erfahrung, wurde alles zerredet, und übrig blieb nur ein Bruchteil der ursprünglichen Idee. In Leistungseinschätzungen wurde er zwar immer wieder für sein Engagement gelobt, aber auch wegen der Nichteinhaltung gesetzlicher und betrieblicher Bestimmungen getadelt.

Ein Beispiel für schnelles Handeln war die Galerie im Flur. Ein alter unansehnlicher langer Flur wurde kurzerhand weiß gestrichen, mit Deckenscheinwerfern bestückt und mit Schienen zur Anbringung von Bildern ausgestattet. Innerhalb von vierzehn Tagen gab es eine neue Einrichtung im Haus, in der Künstler die Möglichkeit bekamen, ihre Werke auszustellen, und durch die der Flur so ganz nebenbei optisch aufgewertet wurde. Da in dieser Etage des Hauses täglich die unterschiedlichsten Tagungen und Schulungen stattfanden, war schon allein deswegen immer Publikum vorhanden.

Alle vier Wochen wechselte die Ausstellung, und der ein oder andere Tagungsgast kaufte schon mal ein Bild. Natürlich gab es vorher auch Galerien, aber bislang keine im Flur. Selbst seine größten Kritiker schauten mit Wohlwollen auf diese Veränderung.

Ermutigt durch diesen Erfolg, nahm sich Gerald andere unansehnliche Ecken und Räume des Kulturhauses vor.

Im Kellerbereich gab es einen größeren Raum, der zur Lagerung von Stühlen und Tischen diente. Wenn man die große Freitreppe aus dem Foyer kommend herabstieg, hatte man eine bestimmte Erwartungshaltung. So wie es beim kleinen Saal der Fall war.

Stieg man die weitläufige Treppe zu diesem Saal hinauf, wurde man neugierig.

Eigentlich ging man die Treppe nicht rauf, sondern schritt sie empor. Und man wurde nicht enttäuscht.

Schon die großen, wuchtigen, filigran verzierten Holztüren überraschten. Wurden sie geöffnet, sah man einen für sozialistische Verhältnisse prunkvollen, an Barock erinnernden Saal.

Üppige Kronleuchter führten den Blick auf riesige Wandgemälde mit Motiven aus dem sozialistischen Alltag. Die übrigen Wände und Säulen waren von der Decke bis zum Fußboden mit lackiertem braunen Holz verziert.

Kam man aber unten an, war da nichts außer einer unansehnlichen, grob zurechtgezimmerten Garderobe, an der die Besucher des Hauses ihre Mäntel, Jacken und Kopfbedeckungen abgaben. Der ganze Bereich sah mit den gestapelten Stühlen, Tischen und Dekorationselementen immer irgendwie verkramt aus. Man wollte dort immer wieder schnell weg.

Einziger Lichtblick waren die überaus freundlichen Garderobenfrauen. Sie hatten immer gute Laune und erheiterten die Besucher mit lustigen Sprüchen.

Gerald setzte sich mit einigen kreativen jungen Mitarbeitern zusammen, und es entstand die Idee einer Bauernstube mit rustikalen Holzmöbeln und einem zünftigen Biertresen.

Auch Veranstaltungsideen kamen auf den Tisch. Veranstaltungsreihen wie »Kabarett im Keller«, »Jazzkeller« oder »Kellertheater« könnten das Angebot erweitern. Neue Kabarett- und Schauspielgruppen formierten sich gerade.

Doch zunächst einmal traten wieder die Bedenkenträger auf den Plan. Der Technische Leiter monierte die dann fehlenden Lagerräume, die Leiterin der Buchhaltung verwies auf die immensen Kosten und der Leiter der Veranstaltungsabteilung sowie der Gaststättenleiter auf die zusätzliche Arbeit mit einer neuen Spielstätte.

Doch diesmal gab es Gegenwind. Die durch Gerald neu eingestellten Kräfte, die jetzt in den Leitungssitzungen mit am Tisch saßen, monierten wütend den angestaubten Stillstand des Hauses.

So schwärmte die neue Leiterin der Abteilung Volkskunst von den vielen Möglichkeiten der neuen Spielstätte. Sie bot an, dass ihre Abteilung die Bespielung in vollem Umfang abdecken könnte.

Damit war der erste Kritiker kaltgestellt.

Da auch Vorschläge für neue, bisher ungenutzte Lagerräume auf den Tisch kamen, hatte auch der Technische Leiter keine Argumente mehr. Er schien sich jetzt sogar zu freuen, dass das jahrelange Einerlei unterbrochen wurde.

Nun blieb noch die Finanzierung. Da Gerald einen guten Draht zum Vorsitzenden der zentralen Betriebsgewerkschaft des Motorenwerkes hatte und der sofort die neuen Angebote für seine Belegschaft sah, rannte Gerald bei einer Sitzung im Großbetrieb offene Türen ein.

Auch hier saßen zwar ein paar Skeptiker, die schwerfällig über Sinn und Unsinn philosophieren wollten, aber jüngere Funktionäre, die auch dort einen Generationswechsel einleiteten, fielen ihnen ins Wort.

Der quirlige Vorsitzende Harder beendete die Diskussion und hob die neuen Veranstaltungen für die Motorenwerker hervor. Die Notwendigkeit eines vielfältigen, geistig-kulturellen Angebotes für die Werktätigen der DDR war in vielen Beschlüssen der Partei und Staatsführung festgeschrieben. Das sollte seiner Meinung nach auch umgesetzt werden.

So ging die Vorlage zur Umgestaltung des Kellerbereichs in die Sitzung des Betriebsdirektors und wurde dort bestätigt. Das Geld wurde aus dem Kultur- und Sozialfonds bereitgestellt, und nach einem halben Jahr Bauzeit war es geschafft. Das war in Zeiten der Mangelwirtschaft eine Meisterleistung.

Ein nächstes Projekt, das Gerald ankurbelte, war der Garten des Kulturhauses. Hinter dem großen Saal gab es eine brachliegende Fläche, auf der hohe Lindenbäume wuchsen. Mit viel Fantasie konnte er sich hier einen ansehnlichen Park vorstellen. Bisher diente die Fläche als Abstelllager für alte Dekorationselemente und nicht mehr gebrauchte Geräte und Möbel. Damit glich sie eher einer Müllhalde als einem Park. Gerald ging oft hierher, um sich abzureagieren. Der Ort hatte, im Gegensatz zum Inneren des Kulturhauses, etwas Friedliches. Vielleicht lag es daran, dass Kühlschränke, Küchentische, große Kochtöpfe und Dekorationselemente wie Grabsteine in den Himmel ragten. Das einzig Lebende waren dort die in den Bäumen zwitschernden Vögel und herumstreunende Katzen.

Hier wollte er einen Biergarten bauen, mit Versorgungspavillon, rustikaler Biergartenbestuhlung, einer Kleinkunstbühne und einem Kinderspielplatz.

Damit, dass sich auch das Veranstaltungsangebot stetig veränderte und Veranstaltungsreihen wie der Volkskunstmarkt und Schichtarbeiterball den Veranstaltungsplan bereicherten, kam bei Gerald jetzt endlich die alte Zufriedenheit zurück. Die Arbeit tat ihm plötzlich gut. Die Ergebnisse waren sichtbarer Ausdruck seiner Fähigkeiten. Seine Würde war wiederhergestellt.

In dieser Phase war er in der Stimmung, sich nun auch wieder Frauen zuzuwenden. Dass er bei Neueinstellungen auch auf äußere Qualitäten geachtet hatte, freute ihn jetzt umso mehr. Es gab schon seit Längerem ein, zwei Frauen im Kollegenkreis, die ihn interessierten und anzogen.

Da war Sybille Bachmann, Sekretärin im technischen Bereich. Sie erinnerte Gerald an eine alte Freundin aus der Singeklubzeit. Mit ihr hatte er auf Tourneen leidenschaftliche Nächte verbracht. Leider brach mit dem Studium in Berlin der Kontakt ab.

Damals konnte er gar nicht genug von ihr bekommen. Nie wurde sie ihm zu viel. Immer wieder freute er sich, sie bei Auftritten zu treffen und anschließend mit ihr zu schlafen. Schon auf der Bühne knisterte es. Sie spielte Rhythmusgitarre und sang, er spielte den Bass.

Bei passenden Liedern tänzelte er ihr entgegen, sie nahm sogleich seine Bewegung auf, befeuerte diese durch kreisende Bewegungen ihres Beckens und des gesamten Oberkörpers. Er hantierte mit dem Bass wie mit einem übergroßen Phallus. Immer wieder stieß er ihn vor und zurück.

Ihr wohlwollendes Schmunzeln ließ ihn zur Höchstform auflaufen.

Sybille hatte große Brüste, die sie gern ausstreckte, sobald Gerald ihr Büro betrat. Bei ihrem ersten Zusammentreffen hatte zunächst eine gewisse Schärfe in ihren Zügen gelegen, auch etwas Spott. Gepaart mit ihrem Körper reizte ihn das dermaßen, dass er immer wieder bei ihr vorbeischaute. Mal fühlte er sich von ihr angezogen, mal abgestoßen. Auch auf ihrer Seite war da zunächst nur Neugierde, aber bald schon sah er eine Art Begehren in ihren Augen.

Sie begann, sich anders zu kleiden. Ihre Stirn umschloss ein Reif, der sie sportlicher aussehen ließ. Sie trug tief ausgeschnittene Tops mit einer unübersichtlichen Trägerkonstruktion. Immer war sie damit beschäftigt, rutschende Träger wieder hochzuschieben.

Doch Gerald hielt sie hin und begann, die knisternde Spannung zu genießen. Er gefiel sich dabei, zu verzichten und sie zu quälen.

Auch weil er sich um eine weitere Angestellte bemühte. Renate Zobel war eine Mitarbeiterin im gastronomischen Bereich. Die gelernte Kellnerin arbeitete hauptsächlich an der Bar im Foyer. Sie hatte klare braune Augen, einen sinnlichen Mund und ein unaufdringliches, leicht schüchternes Lächeln. Diese Art Schüchternheit passte so gar nicht zu ihrer reizenden Figur. Gerald konnte zeitweise an nichts anderes mehr denken. Er suchte ständig ihre Nähe. Jeden Tag schaute er auf ihren Dienstplan, und kaum, dass sie die Bar betreten hatte, tauchte er wie zufällig auf. Der gastronomische Leiter lobte ihn, dass er sich nun viel mehr als bisher auch für die Belange der Gastronomie interessierte.

Als Gerald eine vierköpfige Delegation für einen Erfahrungsaustausch mit einem polnischen Kulturhaus aussuchen musste, wählte er Renate in diese Gruppe.

Als sie mit dem Wartburg in Richtung Polen fuhren, saß Gerald zunächst vorn neben seinem Fahrer. Auf der Rückbank saß Renate neben einer Kollegin aus der Buchhaltung. Auch sie war Teil seines Plans. Bisher wurden bei diesen Kulturaustauschen immer Mitarbeiter aus dem künstlerischen und aus dem Veranstaltungsbereich ausgewählt. Doch diesmal sollte es so aussehen, dass auch andere Bereiche in den Genuss eines Austausches kamen.

Als sie nach langer Fahrt in Katowice ankamen und zur Begrüßung an die Bar des Hotels eingeladen wurden, saß Gerald wie zufällig neben Renate. Das änderte sich in den vier Tagen auch nicht mehr. Sowohl beim Frühstück als auch bei den Festessen saß er wie selbstverständlich immer neben ihr. Bei Museumsbesuchen, Betriebsbesichtigungen und Spaziergängen suchte er ebenfalls ihre Nähe.

Gerald genoss es, wenn sich wie zufällig ihre Ellbogen berührten, wenn er sich in Treppenhäusern an ihr vorbeischlängelte, er die Hand auf ihre Schulter legte, wenn er sie auf etwas aufmerksam machen wollte, oder wenn er bei Absackern im Zimmer des polnischen Kulturhausleiters neben ihr, nur die kleinen Finger sich berührend, auf dem Bett saß. Renate zeigte dabei keine Regung, tat aber so, als wäre das völlig normal.

Wenn er sich in Gesprächen mit dem polnischen Kulturhausleiter befand, dachte er nur an sie und sehnte den Augenblick herbei, sie wiederzusehen. Renate schien es ebenso zu gehen. Ging er dann auf sie zu, lächelte sie erfreut.

Schließlich kam, was nicht aufzuhalten war. Nach einem langen Abend tauschten sie ohne große Umstände die Zimmer. Geralds Fahrer, mit dem er sein Zimmer teilte, zog für eine Nacht in das Zimmer der Buchhalterin. Das schien ihm nicht zu gefallen, er ließ es aber geschehen. Alles, was vorher gelaufen war, konnte nur in dieser gemeinsamen Nacht enden.

Beide betraten, von Alkohol aufgekratzt und langen Blicken aufgeheizt, das Zimmer. Renate setze sich auf das Bett und schaute ihn an. Wenn er sich anfangs noch etwas unsicher gefühlt hatte, so wusste er jetzt, er durfte sie berühren, zwischen ihre Schenkel fassen.

Es schien alles möglich. Gerald ging auf sie zu und streichelte ihre Haare. Als wenn sie sich schon ewig kannten, zogen sie sich voreinander aus, und als sie eng umschlungen im Bett lagen, griff Renate wie selbstverständlich nach seinem Glied, machte es fest und beide vereinigten sich ruhig mit gezügelter Gier.

Von nun an gehörten diese Zusammentreffen zu ihrem Leben.

Gerald hatte sich insbesondere wegen der vielen Spätdienste im Kulturhaus ein Zimmer im Lehrlingswohnheim besorgt. Zu oft war es vorgekommen, dass er seinen Nachtzug nach Stendal nicht mehr erreichte und die Nacht auf dem Bahnhof oder in seinem Büro verbringen musste.

In diesem Zimmer trafen sie sich jetzt regelmäßig. Gerald zog es nicht mehr nach Hause. Die Liebe zu seiner Frau war erkaltet. Lediglich wegen seiner Tochter kreuzte er überhaupt noch in Stendal auf.

Er sehnte sich nach einer Frau, und Renate befriedigte diese Sehnsucht, zumindest, was das Bett betraf.

So gewöhnten sich beide daran, dass sie sich nach Dienstende in das Lehrlingswohnheim schlichen und miteinander schliefen. Danach machte sich Renate noch in der Nacht auf den Weg nach Hause.

Die Beziehung tat Gerald zunächst gut. Er erfreute sich in der Arbeit am Anblick von Renate und war stolz, wie

Gäste sie an der Bar umschwärmten, sie aber nur Augen für ihn hatte. Dabei verlangte Gerald keine Treue. Er freute sich zwar über ihre Anhänglichkeit, schaute sich aber weiterhin nach anderen Frauen um. Wiederholt kam es vor, dass er nach Betriebsfeiern oder Barbesuchen im Bett von Kolleginnen landete. Er fühlte sich danach zwar schlecht und schwor, solche Eine-Nacht-Geschichten nicht mehr zuzulassen, aber es geschah immer wieder. Nur nach den Nächten mit Renate fühlte er sich gut. Sie war nicht mehr aus seinem Leben wegzudenken.

Wie ja bereits geschildert, achtete Gerald bei der Einstellung von neuen Mitarbeiterinnen auch auf das Äußere.

Eines Tages hatte er ein Vorstellungsgespräch mit einem Mädchen aus Tangerhütte. Die Bewerbungsunterlagen hatten ihn gleich angesprochen. Sie hatte in ihrer Stadt im Kulturbereich gearbeitet, und als er das Bewerbungsfoto sah, rief er sie sofort an.

Er fieberte dem Gespräch entgegen. Sah sich immer wieder ihr Foto an und geriet ins Träumen.

Am Tag des Vorstellungsgesprächs frisierte er sich besonders sorgfältig und zog seine besten Jeans und sein bestes Hemd an. Als er sein Büro betrat, schaute seine Sekretärin erstaunt hoch. Er kleidete sich zwar immer sorgfältig, doch wahrscheinlich ahnte seine Vorzimmerdame die innere Anspannung und die freudige Erregung.

Als er entgegen der Gewohnheit einen Kaffee für das Gespräch kochen ließ, huschte erneut ein Hauch Erstaunen über ihr Gesicht. Dieses Erstaunen wich auch nicht, als sie die Bewerberin ins Zimmer führte. Die Frau sah umwerfend aus.

Sie hatte eine gerade edle Nase, blaugraue, lieb schauende Augen, markante Augenbrauen und blondes festes Haar, das zu einem Dutt hochgesteckt war. Als sie ihren knallroten Anorak nebst rotem Schal ablegte, erblickte er voller Freude zwei anschauliche große Brüste und die Ahnung einer makellosen Figur.

Erstmals hatte Gerald Probleme, das Gespräch professionell zu führen. Er stammelte Bruchstücke ihrer zukünftigen Aufgaben herunter und rettete sich immer wieder mit Fragen zu ihrem bisherigen Werdegang.

Am liebsten hätte er sofort zugesagt, hielt es aber immerhin drei Tage aus, bis er sie anrief. Als sie etwas zögerte, gleich zuzusagen, erhöhte er das Anfangsgehalt.

Er fieberte ihrem ersten Arbeitstag entgegen. Wurden die neuen Mitarbeiter sonst in die Obhut der jeweiligen Abteilungsleiter übergeben, ließ er es sich nicht nehmen, sie selbst herumzuführen.

Von nun an sehnte er sich jedem Morgen entgegen. Wenn er Silvia beim Frühstück nicht sah, wurde er unruhig.

Er konnte sich dann auf nichts konzentrieren. Erschien sie dann, versuchte er, in ihrem Gesicht zu lesen, wie es ihr ergangen war. Sah sie übernächtigt aus, war er eifersüchtig auf ihren Mann. Er dachte neidvoll an deren gemeinsam verbrachte Nacht. Er wünschte sich nichts sehnlicher, als sie zu haben. Silvia behandelte ihn zwar freundlich, aber völlig unverbindlich. Sie war zu ihm so nett, wie sie es zu fast allen Kollegen war.

Wenn sie ihn mal etwas länger anschaute, schöpfte er Hoffnung. Aber dann gab es Tage, an denen sie ihm völlig gleichgültig gegenübertrat. Gerald tröstete sich dann mit Renate. Sie wertete sein Selbstwertgefühl wieder auf.

Was wollte er eigentlich? Er war die meiste Zeit auf der Arbeit, und die wenige Freizeit, die er hatte, verbrachte er mit Renate oder mit seiner Tochter in Stendal. Es gab eigentlich keinen Platz für anderes. Doch da war eine Sehnsucht, die über das Sexuelle hinausging.

Immer wieder dachte er an Silvia. Um sie zu treffen, hielt er sich fast täglich in der Volkskunst-Abteilung auf. Er gab vor, mit diesem Team kreativer Leute neue Ideen für den Veranstaltungsbetrieb zu entwickeln.

Und die Ergebnisse konnten sich durchaus sehen lassen. Es entstand in dieser Zeit eine ganze Reihe neuer Veranstaltungen und Volkskunstgruppen.

So schöpfte niemand im Kulturhaus Verdacht, und bald war es selbstverständlich, dass er einen Großteil der Arbeitszeit in diesem Bereich verbrachte. Fast unbemerkt kamen sich Silvia und Gerald näher. Ein längerer Blick, ein geheimnisvolles Lächeln, ein längerer Händedruck waren erste Anzeichen. Es schien Gerald so, als wenn beide die Nähe suchten. Sicher war er sich aber nicht.

Als Silvia bei einer Auszeichnung zum Frauentag den Gratulationskuss von Gerald länger als üblich erwiderte, machte sein Herz ein Luftsprung. Doch schon am nächsten Tag trat sie ihm wieder kühl und unnahbar entgegen, und erst nach vielen erneuten beruflichen Zusammentreffen taute sie wieder auf.

Bei einer Betriebsfeier tanzte er immer wieder auch mit ihr. Nie lehnte sie seine Aufforderung ab. Doch er wusste nicht, ob sie sich darüber freute.

Nur beim Tanz hatte er das Gefühl, dass sie sich enger als andere Mitarbeiterinnen an ihn drückte. Aber auch hier konnte er sich irren.

So vergingen die Tage, ohne dass etwas passierte. Gerald war schon zufrieden, wenn er in ihrer Gesellschaft war.

Auch beim Umtrunk nach Feierabend war er immer öfter dabei. Saß er im beliebten Weinlokal »Rot Weiß« neben ihr, war er glücklich, und er war traurig und fühlte sich einsam, wenn sie sich vor dem Lokal verabschiedeten.

Silvia hatte Ähnlichkeit mit Picassos Modell Sylvette: langes blondes Haar, oft zu einem Pferdeschwanz gebunden, einen faszinierenden Hals, hoch und rank wie eine Säule, und ein mädchenhaftes Gesicht mit Sommersprossen um eine edle Nase. Und sie hatte einen schwindelerregenden jungen Körper.

Auch Silvia trug ihren Pferdeschwanz mit viel Koketterie, sie hatte trotz ihrer Schüchternheit eine gewisse Selbstsicherheit, ohne offensiv zu wirken. Lange Röcke kombinierte sie mit engen Pullovern, und sie betonte ihren Hals. Sie war auf arglose Weise natürlich wie ihr junger, faszinierender frischer Körper.

Gerald und Silvia gewöhnten sich aneinander und erfreuten sich an den immer länger werdenden Zusammentreffen.

Dann, als er sie nach einem Barbesuch um Mitternacht noch zu einem Kaffee in sein Wohnheim einlud, nickte sie.

Beim Durchschleichen des Gartens, der Mond leuchtete vielversprechend, fiel ihm vor Aufregung sein roter Aktenkoffer aus der Hand.

Sie half ihm lachend beim Einsammeln der herausgefallenen Papiere, er sah ängstlich zu den Fenstern hoch, ob sie bemerkt wurden.

Zu der Zeit wohnten dort hauptsächlich Kubaner. Sie lernten in der Motorenfabrik, um die gewonnenen Erkenntnisse beim Aufbau ihres Landes zu nutzen. Der ganze Haufen war eine lustige Truppe, immer zu Späßen aufgelegt, fern der sozialistischen Moralvorstellungen. Immer, wenn sie Gerald trafen, versuchten sie, ihn einzubeziehen, doch er lehnte immer aus Zeitgründen ab. Sie hätten ihn wohlwollend auf die Schulter geklopft und zu seiner Errungenschaft beglückwünscht.

Sie betraten leise das große Zimmer, darin nichts weiter als ein eisernes Bett in der Mitte und ein Kleiderschrank in einer Nische. Keiner sprach mehr von dem versprochenen Kaffee.

Sie zogen sich, nur von einer diffusen Deckenlampe erhellt, aus. Gerald schaute immer wieder fasziniert auf ihren Körper. Die großen Brüste und der feste Po wirkten so frisch und unberührt, dass er sich am liebsten wie vor einer Madonna verneigt hätte. Im Bett liegend streichelte er sie fast ehrfurchtsvoll, doch als sie sich vereinigen wollten, ging das nicht. Silvia reagierte nicht enttäuscht, sondern genoss das Streicheln bis zum Morgengrauen.

Als sie sich am nächsten Tag im Kulturhaus sahen, lächelte sie ihm vertrauensvoll zu. Er verstand sein Versagen nicht. Nie in seinem bisherigen Liebesleben war ihm das passiert. Noch am Vortag war er mit Renate in diesem Zimmer zum Höhepunkt gekommen. Was war los mit ihm? War es die Ehrfurcht vor diesem madonnenhaften Wesen? Auch Picasso hat seine Muse Sylvette nicht wie seine anderen Modelle verführt!

Bei den folgenden Treffen in seinem Zimmer versagt er erneut. Er machte sich Gedanken über seinen Gesundheitszustand. Das war wohl auch der Grund, dass er weiterhin auch mit Renate an gleicher Stelle ins Bett ging. Und hier klappte es nach wie vor.

Doch Silvia ging sehr behutsam mit ihm um. Von Mal zu Mal wurde sie anhänglicher. Er fühlte es, auch sie war in ihn verliebt, und dass trotz dieser Einschränkung. Sie betonte immer wieder, dass für sie seine zärtlichen Hände viel wichtiger waren als ein hartes, in sie drängendes Glied. Doch Gerald fühlte sich behindert und unvollkommen.

Doch warum konnte er dann an gleicher Stelle Renate als vollkommener Mann befriedigen?

Um das herauszufinden, fuhren sie an einem Wochenende nach Berlin.

Sie wollten sich entspannen, Berlin erleben und gemeinsam Zeit miteinander verbringen. Gerald hatte ein Zimmer in einer Jugendherberge gebucht, und als sie das freundliche Zimmer betraten und die Berliner Sonne durchs Fenster in ihre Gesichter schien, zogen sie sich ohne ein Wort aus. Dabei hatten sie nur noch Blicke für sich. Als Silvia sich auf das Bett kniete, drang er ohne Problem von hinten in sie ein. Beide waren so verzückt, dass sie das Zimmer nur kurz zum Essen verließen und immer wieder im Bett landeten.

Am Ende zeigte Gerald ihr voller Stolz seine wunden Knie. Von Berlin hatten sie an diesem Wochenende außer dem Hauptbahnhof nichts gesehen.

Gerald fühlte sich rundherum wohl. Auch auf der Arbeit fühlte er sich jetzt unbesiegbar. Er setzte alles daran, Lebensfreude im Kulturhaus zu verbreiten. Bei seinem Studium hatte er gelernt, dass Sozialismus auch Freude und Entspannung bringen sollte. Die Menschen sollten nach ihrem Arbeitsalltag glücklich und zufrieden sein.

Er sah sich dabei auf einer Linie mit der Partei und der Staatsführung, indem es ihm darum ging, alles zum Wohle der Werktätigen zu tun. So dachte er jedenfalls. Aber schon bald wurde er aus seiner privaten Vorstellung von Sozialismus herausgerissen.

Zur Vorbereitung der jährlich stattfindenden Arbeiterfestspiele hatte das Ensemble der Motorenwerker ein neues Programm vorbereitet.

Die Leiterin des Ensembles hatte mitreißende Choreografien einstudiert, die Tänze sprühten nur so vor Lebensfreude. Der Zuschauer wurde regelrecht mitgerissen und konnte sich an Farbenvielfalt und Intensität nicht sattsehen. Gerald war beseelt von diesem Programm. »Das haut die Menschen von ihren Sitzen«, hatte er die Leiterin des Ensembles gelobt.

Die Mitglieder der Kommission, die das Programm abnehmen sollten, waren Vertreter der Bezirksleitung der SED, des FDGB, der Betriebsleitung und des Kabinetts für Kulturarbeit des Stadtbezirkes. Vor der Bühne des großen Saals saßen sie mit ernsten Gesichtern an einem langen Tisch, auf weißen Tischdecken standen Selterswasser, Salzgebäck und blau-weiße Kaffeetassen.

Als die Musik ertönte, starrten alle erwartungsvoll auf die Bühne, Gerald schaute bei der Aufführung immer mal wieder aus dem Augenwinkel in die Gesichter. Die meisten lächelten und wippten im Rhythmus der Tänze mit. Er freute sich.

Als es dann aber an die Auswertung ging, verfinsterten sich die Gesichter, vor allem die der Vertreter der Bezirksleitung. Der Leiterin des Ensembles wurde zwar gedankt, an der Auswertung sollte sie allerdings nicht teilnehmen.

Gerald schaute überrascht und verunsichert auf die Funktionäre. Als sie aber mit lobenden Worten begannen, entspannte er sich wieder. Sie lobten die Professionalität und Meisterschaft der Tänze und die Ausstrahlung der Akteure. Vielleicht hatte er sich diesmal bei der Deutung der Gesichter geirrt!

Doch dem war nicht so. –

»Dieses Programm ist als Beitrag für die Arbeiterfestspiele nicht geeignet. Mit diesem Programm fährt das Ensemble nicht zu den Festspielen, denn es könnte auch ein Beitrag eines kapitalistischen Landes sein. Das macht man dort so, um die Menschen einzulullen, eine heile Welt vorzuspielen und von revolutionären Gedanken abzulenken. Hier im Sozialismus geht es doch um die Erfolge der Arbeiterklasse, um den Kampf gegen Ausbeutung und Unterdrückung. Wo, in Lenins Namen, kommt hier die Rolle der Arbeiterklasse zum Ausdruck?«

Gerald war platt, das hatte er nicht erwartet. Ihm fiel keine Antwort ein.

Nach längerem Schweigen wurde er beauftragt, das Programm noch einmal gründlich zu überarbeiten.

Wieder geriet er, wie schon in der Zeit als Mitglied eines Singeklubs, in Konflikt mit der richtigen Darstellung der Arbeiterklasse. Wie um alles in der Welt sollte er in einem Folkloreprogramm inhaltlich ruhmreiche Erfolge der Arbeiterklasse unterbringen?

Als er am nächsten Tag behutsam versuchte, der Leiterin des Ensembles die Einschätzung der Kommission nahezubringen, war diese außer sich.

»Soll ich die Tänzer mit einem Hammer und Zirkel über die Bühne laufen lassen?«, bellte sie Gerald wütend an.

Nur mit Mühe konnte er sie beruhigen. »Die Mädchen und Jungs des Ensembles haben sich so auf die Teilnahme gefreut. Wir müssen das hinbekommen.«

Als Gerald am nächsten Tag mit dem Berliner Choreografen telefonierte, wollte dieser das nicht glauben. Er, der die meisten Tänze geschrieben hat, musste über den Kleingeist der Funktionäre lachen. In Berlin feierte er mit ähnlichen Programmen große Erfolge. Noch nie wurde ihm mangelnde Nähe zur Arbeiterklasse vorgeworfen. Im Gegenteil – gerade Werktätige lobten bei Betriebsfeiern derartige Programmbeiträge und fühlten sich gut unterhalten.

Keiner wollte in der Freizeit etwas von Ruhm und Ehre der Werktätigen hören und sehen. Sie wollten fröhlich sein und sich an den künstlerischen Beiträgen erfreuen.

Doch Gerald unterbrach seine Argumentation. »Wir sind hier nicht in Berlin. Hier haben andere das Sagen. Und die lassen sich nicht davon abbringen. Im Interesse der Ensemblemitglieder müssen wir etwas tun.«

Der Choreograf überlegte eine Weile und versprach Gerald, sich Gedanken zu machen.

Eine Woche später präsentierte er die Lösung. In einem zusätzlichen Tanz ließ er am Ende des Programms einen Schmied auftreten. Dieser Schmied verbündete sich – eine rote Fahne schwenkend – mit den in den anderen Tänzen auftretenden Bauern und Fischern zu einer Art Polonaise.

Die Abnahmekommission deutete das als einen revolutionären Aufmarsch, der den Sieg der Arbeiter und Bauern einleitete.

Man glaubt es nicht, aber jetzt durfte das Ensemble fahren, und das brachte sogar eine Goldmedaille mit.

Gerald wurde immer öfter für seine Arbeit als Kulturhausleiter in den höchsten Tönen gelobt. Er wurde sogar in das ZK der SED nach Berlin eingeladen. Allerdings wurde er da nicht von Erich Honecker oder Kurt Hager, den damals für Kulturpolitik Verantwortlichen, empfangen, sondern von einer Abteilungsleiterin.

Damit war er jetzt in der Kulturlandschaft über den Bezirk Magdeburg hinaus ein geachteter Mann.

Immer wieder musste er auf Tagungen der Gewerkschaft über die Arbeit im Kulturhaus referieren. Auch in den regionalen und überregionalen Zeitungen wurde über seine Arbeit berichtet.

Doch Gerald eckte weiter an.

Als seine Mitarbeiter eine Ausstellung in der Galerie im Flur organisierten, auf der auch Beiträge aus dem sogenannten kapitalistischen Ausland gezeigt werden sollten, musste er zu einer Aussprache vor die Parteileitung des Bezirkes Magdeburg. Diese warf ihm Anbetung westlicher Lebensart, Wehrkraftzersetzung und ideologische Aufweichung vor. Nur sein guter Ruf rettete ihn vor weiteren Konsequenzen. Doch die Ausstellung wurde verboten.

So ging das munter weiter. Als Gerald die Veranstaltungsreihe »Jazz im Keller« an den Start gehen ließ, wurde ihm die Nähe zu Intellektuellen, Dekadenz und die Entfernung von der Arbeiterschaft vorgeworfen.

Zwischenzeitlich brodelte es in der Bevölkerung. Viele hatten es satt, bevormundet zu werden. Die Montagsdemonstrationen begannen. Gerald hatte zunächst Angst, dass seine Welt zusammenbrechen könnte. Er lebte gern im Sozialismus, in dem keiner in der Gosse landete und alle mitgenommen wurden – allerding, das wusste er natürlich auch, ob sie wollten oder nicht.

Er selbst hatte nichts auszustehen. Er hatte eine Arbeit, die er liebte, und zwischenzeitlich auch mit Silvia eine neue Frau, mit der er ein Kind erwartete.

Auch Fernweh hatte er nicht. Ihm reichten die Urlaube an der Ostsee. Einmal war er in Ungarn, aber da man ihn dort als Ostdeutschen zweitrangig behandelte, wollte er da nicht wieder hin.

Viele seiner Mitarbeiter gingen regelmäßig zu den Demonstrationen in den Dom. Darunter auch seine kreativsten Köpfe. Immer wieder zeigten sie ihm auf, wie frei er in einem demokratischen Staat Kultur und Kunst machen könnte.

Eines Tages ging er mit. Mittlerweile waren jeden Montag viele Tausend Menschen auf der Straße. Es roch nach Aufbruch und Neuanfang. Als er mit den immer mehr werdenden Magdeburgern mit einer Kerze in der Hand durch die abendlichen Straßen zog, durchdrang ihn eine Mischung aus Furcht und Stolz.

Den darauffolgenden Mauerfall bekam er nicht gleich mit. Als er nachts aus dem Kulturhaus nach Hause kam, lief ihm seine Frau, die schwanger zu Hause war, aufgeregt entgegen. Im Fernsehen sah er die Bilder an und auf der Berliner Mauer. Er konnte es nicht glauben.

Die Euphorie teilte er nicht. Wie sollte es nun weitergehen?

Klar, einige wollten die DDR gern erhalten, nur eben sozialer und freier. Das konnte er verstehen. Die sozialistische Planwirtschaft, die sich nicht an der Nachfrage orientierte, war gescheitert. Das starre Planungssystem behinderte positive wirtschaftliche Abläufe. Am Arbeitswillen und der Arbeitsfähigkeit der Menschen lag es nicht. Die mangelnde technologische Ausstattung sollte durch verstärkten Arbeitseinsatz ausgeglichen werden. Das führte einerseits dazu, dass es keine Arbeitslosigkeit gab und die Arbeitsplätze sicher waren, andererseits die Arbeitsleistung je Arbeitskraft, also die Arbeitsproduktivität, sehr niedrig war. Eine Korrektur dieses Wirtschaftssystems konnten sich viele nicht vorstellen. Sie sahen, dass die Menschen auf der anderen Seite der Mauer in Wohlstand und zufrieden lebten. Sie hatten Häuser, schöne Autos und ein Konsumangebot, das keine Wünsche offenließ.

Gerald machten die Rufe nach der D-Mark Angst. Die D-Mark bekam niemand umsonst! Man musste sich schon mit dem Kapitalismus verdingen.

Ja, am Anfang gab es die D-Mark für alle DDR-Bürger umsonst. Das sogenannte Begrüßungsgeld aber war schnell verbraucht und die anfängliche Euphorie auch.

Die alte Ordnung löste sich in rasender Geschwindigkeit auf. Die alte Regierung unter Hausarrest und in Haft, große Teile der DDR-Industrie brachen zusammen, Hunderttausende verloren ihren Arbeitsplatz.

Alles, was unproduktiv war, verschwand. Die Menschen im Osten mussten lernen, sich in der neuen Arbeitswelt zu behaupten und Konkurrenz auszuhalten. Lebensstrategien, die entwickelt wurden, um in der DDR-Gesellschaft einigermaßen zufrieden leben zu können, waren auf einmal wertlos. Den sicheren Arbeitsplatz, das Kollektiv, in dem man eine soziale Heimat hatte und sich geborgen fühlte, gab es nicht mehr. Nun musste man einen Job finden, den Anforderungen der neuen Eigentümer in den Betrieben gerecht werden und mit anderen Werktätigen konkurrieren.

Auch in Geralds Motorenwerk wurden unrentable Betriebsteile abgewickelt. Der von der Treuhand beauftragte Lutz Meyer war ein smarter Typ und ein gut geschulter Kommunikator. Die Menschen vertrauten ihm zunächst, verloren aber nach einer Zwischenphase in einer Auffanggesellschaft letzten Endes doch ihre Arbeit. Viele hatten das lähmende Gefühl, unterlegen zu sein, schwach und wertlos. Von vormals zwölftausend Arbeitskräften blieben noch zweitausend übrig.

Auch das Kulturhaus sollte abgewickelt werden. Lutz Meyer wollte Gerald das Ganze schmackhaft machen. Freundlich wies er ihn bei einer Tasse Kaffee darauf hin, dass das Haus privatisiert und dazu ein Käufer gefunden werden müsste. Wenn das gelingen würde, könnte im Kulturhaus alles beim Alten bleiben.

Doch so naiv war Gerald nicht. Er hatte die Zeit genutzt und sich mit Stadthallenbetreibern im Westen getroffen. Parallel absolvierte er ein Betriebswirtschaftsstudium an der Uni Magdeburg im Schnelldurchlauf.

Schon immer hatte er auch in DDR-Zeiten das betriebswirtschaftliche Ergebnis im Auge behalten.

Es war in dieser Zeit zwar nicht relevant, aber er wusste, dass die einhundert Kulturhausmitarbeiter bei den bisher erzielten ökonomischen Ergebnissen nicht weiter beschäftigt werden könnten.

Viele der Kollegen waren so schlau, sich anderweitig umzusehen, andere brachte Gerald in der Auffanggesellschaft des Großbetriebes unter. Älteren Kollegen wurde der Vorruhestand nahegelegt.

Durch die Privatisierung und Auslagerung des Restaurants wurden allein über vierzig Mitarbeiter Angestellte des neuen Eigentümers.

Joseppe Negro, ein Italiener, hatte alle übernommen. Doch es dauerte nicht lange, da blieben nur die Fleißigen und Engagierten übrig. Gerald freute sich, dass seine alte Liebe Renate darunter war. Diejenigen, die schon bei ihm die Arbeit nicht erfunden hatten und sich eher mit großen Reden hervortaten, verschwanden nacheinander. Dass darunter auch Mitarbeiter waren, die ihn in den Wirren der Wende stürzen wollten, erstaunte ihn nicht.

Vielen dieser »Revolutionäre« blieben irgendwann die Helmut-Rufe im Hals stecken. Jetzt stand plötzlich auf den Protestplakaten: »Von Honecker belogen, von Kohl betrogen!« Doch was hatten sie erwartet?

Gerald hatte am Ende die zehn engagiertesten Mitarbeiter um sich geschart. Er wusste, dass das Haus nicht weiter vom Motorenwerk subventioniert werden konnte. Mit einem ausgeklügelten neuen Konzept sollte das Kulturhaus zeitnah schwarze Zahlen schreiben.

Neben Konzert- und geselligen Veranstaltungen setzte er auf Tagungen und Kongresse. Mit einem abenteuerlichen Marketingplan gelang es ihm innerhalb kurzer Zeit, große Kongresse nach Magdeburg zu holen. Das MOFA Kultur- und Kongresszentrum, so hatte Gerald das Haus umbenannt, war deutschlandweit in aller Munde. Die Bosse im Motorenwerk staunten nicht schlecht. Da Gerald auch keine der Volkskunstgruppen und Zirkel fallen ließ, genoss das Haus in der Bevölkerung einen guten Ruf. Man traute sich nicht, die gut laufende Einrichtung zu verkaufen.

Immer, wenn es dazu Ansätze gab, kam es zu Protesten in der Magdeburger Bevölkerung.

Doch Gerald wollte nicht warten, bis es doch einmal passieren würde. Ihm war klar, das erhebliche Investitionen notwendig waren, um das Haus auf zukünftige Anforderungen vorzubereiten. Es musste auch in den nächsten Jahren konkurrenzfähig sein.

Zwar hatte er durch Förderung die Heizungsanlage sowie die Ton- und Lichttechnik sanieren können, auch neue Bestuhlung bekam das Haus, aber das allein reichte nicht.

Seine Idee war es, ein Hotel auf dem Gelände des Kulturhauses anzusiedeln. Gerade im Hinblick steigender Zahlen von Tagungen und Kongressen eine Notwendigkeit. Mit der Pacht des Betreibers wollte er Schritt für Schritt das Haus sanieren.

Schnell gelang es ihm, einen Interessenten zu finden. Eine bekannte Hotelkette wollte in den neuen Markt investieren. Gerald traf sich wiederholt mit dem verantwortlichen Bereichsleiter. Die Chemie stimmte sofort. Es wurden faire Eckpunkte ausgehandelt, doch die Eigentümer der MOFA lehnten ab. Sicher hatten sie in der Schublade schon andere Pläne. Man munkelte etwas von Bauplätzen für Wohnungen.

Als die Verkaufsgerüchte immer massiver wurden, kam es zu einem Aufschrei in der Bevölkerung. Man wollte auf keinen Fall das beliebte Traditionshaus verlieren. Es häuften sich Stimmen, die das Haus gern in städtischem Besitz sehen würden, doch das Interesse der Stadt hielt sich in Grenzen. Sie hatte schon genug mit der Stadthalle und den soziokulturellen Einrichtungen zu tun.

Aber die Mehrheit der Stadtverordneten erkannte, wie beliebt dieses Haus in der Bevölkerung war, und fürchtete, Wählerstimmen zu verlieren.

Es erging ein Beschluss: Die Stadt übernahm das Haus. Damit war die Einrichtung zunächst in sicherem Fahrwasser, doch die Augen des Kulturamtsleiters versprachen nichts Gutes.

Gerald hatte nicht viel Zeit zum Durchatmen, seine Bewegungsfreiheit wurde plötzlich erheblich eingeschränkt. Alleinige Entscheidungen waren nicht mehr möglich.

Neuerungen, Anschaffungen und Personalentscheidungen mussten vom Kulturausschuss und vom Personalamt genehmigt werden. Tat er dies einmal nicht, folgten disziplinarische Gespräche.

Wurde er zu DDR-Zeiten politisch gemaßregelt und gegängelt, so regierte jetzt die Bürokratie.

Gerald konnte sich nicht daran gewöhnen, Entscheidungen anderen zu überlassen. Sicher hätte er sich zurücklehnen und es ruhiger angehen lassen können, aber sein Drang, immer wieder Neues anzugehen, war größer.

Für alles musste eine Beschlussvorlage erarbeitet werden, die dann in Ausschüssen genehmigt werden musste. Dazu hatte er keine Lust. In dieser Phase spürte er, dass ihm seine Arbeit keinen Spaß mehr machte. Die Art und Weise, wie die Stadtverwaltung mit ihm umging, machte ihn mürbe. Er begann, sich zu langweilen und zu schauen, welche Herausforderungen noch auf ihn warteten.

Als er nach reiflicher Überlegung um einen Aufhebungsvertrag bat, stimmte die Verwaltung sofort zu, und plötzlich war er das erste Mal in seinem Leben ohne Arbeit.

In den ersten Tagen fühlte er sich so frei wie lange nicht. In ihm erwachte die Abenteuerlust. Nur noch etwas machen, dass Spaß machte. Nicht mehr das tägliche Einerlei. Wann, wenn nicht jetzt mit dem Schreiben beginnen? Einen Roman schreiben, auf den die Welt gewartet hat. Bilder malen, die Jahrhunderte überdauern und seinen Nachfahren einen Einblick in sein Leben geben.

Fast hektisch begann er mit den Vorbereitungen. Er besorgte sich genügend Schreibpapier, kaufte Leinwände und Farben und richtete sein Atelier ein. Er sah sich im Garten flankiert von blühenden Rosenbeeten an der Staffelei stehen und mit kraftvollen Pinselstrichen und leuchtenden Farben über die großflächige Leinwand streichen. Ihm zu Füßen seine Bernhardinerhündin Martha.

Doch schon bald holten ihn seine Ängste ein. Was, wenn er scheiterte? Wenn der Roman ein Flop würde, die Bilder keinen interessierten?

Am schlimmsten aber waren seine Existenzängste.

Er hatte sich zwar arbeitslos gemeldet, aber als er das erste Arbeitslosengeld bekam, trat Ernüchterung ein. Das reichte auf keinen Fall für seinen Beitrag am Familieneinkommen.

Der Hauskredit des Krakauer Hauses musste abgezahlt werden, die beiden Kinder mussten versorgt werden und der bisherige Lebensstandard sollte erhalten bleiben.

Silvia, seine Frau, versuchte ihn zu beruhigen. Sie verdiente zu der Zeit als Immobilienmaklerin gutes Geld. Trotzdem erzählte er ihr nichts von seinen Träumen. Ganz schnell könnte sich die wirtschaftliche Situation auf dem Immobilienmarkt wieder ändern. Was dann? Wenn der Kredit nicht mehr bedient werden könnte? Sie müssten das Haus aufgeben, wieder in eine Mietwohnung ziehen.

Er schaute in den liebevoll angelegten Garten. Vielleicht sogar im zwischenzeitlich runtergekommenen Olvenstedt?

Er sondierte aufgeregt seine geschäftlichen Möglichkeiten. Nach dem Ausscheiden als Kulturhausleiter gab es schon das ein oder andere Angebot, darunter auch die Geschäftsführung eines neu gebauten modernen Tagungszentrums. Sehr reizvoll, aber auch hier müsste er sich wieder voll reinhängen, den größten Teil seiner Zeit dort verbringen. Er wusste, dass er danach keine Muße mehr hatte, noch künstlerisch zu arbeiten.

So eine Einrichtung verlangte vollen Einsatz. Versonnen streiften seine Blicke die aufgestapelten Leinwände und die nagelneue Staffelei. Es müsste eine Arbeit sein, die er frei ausführen könnte, wo er sich die Zeit nach Gutdünken einteilen könnte. Und es wäre gut, das Ganze von zu Hause aus machen zu können.

Sicher gab es immer mal wieder Ideen, die in seinem Kopf herumschwirrten.

So konnte er sich gut vorstellen, eine Werbeagentur aufzuziehen. Gerade als Kulturhausleiter hatte er jahrelang bewiesen, wie so eine Einrichtung vermarktet werden müsste. Anzeigen hatte er stets selbst entworfen und redaktionelle Artikel selbst geschrieben, denn die Redakteure in den Zeitungen hatten genug um die Ohren und freuten sich über die fertigen Beiträge.

Eine andere Idee war ein Büro für Tagungen und Kongresse. Durch seine Aktivitäten bei der Akquise von Tagungen für das MOFA hatte er mitbekommen, dass es so eine Einrichtung in Magdeburg noch nicht gab.

Dabei hatte jede größere Stadt in den alten Bundesländern so eine Koordinierungsstelle. In Magdeburg dagegen kümmerte sich jedes Hotel und Kongresshaus selbst um die Beschaffung von Tagungen.

In Gerald erwachte der Unternehmensgeist, der künstlerische zog sich schmollend zurück.

Was, wenn er Tagungsakquise und Werbung vereinte? Das wäre ein Service, den es so noch nicht gab. Aufgekratzt ging er daran, die Kongress- und Veranstaltungsagentur zu gründen. Ziel dieser Agentur war es, Kongresse und Tagungen nach Sachsen-Anhalt zu holen, diese inhaltlich vorzubereiten und durch entsprechende Werbung zu vermarkten. Ein weiteres Standbein war die Organisation von Werbeveranstaltungen und Werbekampagnen für Betriebe und Einrichtungen.

Zunächst begann Gerald damit, den ersten Tagungs- und Kongressführer des Landes Sachsen-Anhalt herauszubringen. Er klapperte alle infrage kommenden Hotels, Stadthallen und Kongresshäuser ab, parallel kamen die ersten Werbeaufträge herein.

Bald war er genauso beansprucht wie zu den Zeiten als Kulturhausleiter. Einziger Unterschied, er arbeitet jetzt für sich selbst und musste sich nicht mit unsinnigen Beschlüssen herumschlagen.

Sein Büro befand sich zwar zu Hause, aber die meiste Zeit war er unterwegs. Wenn er dann am Abend daheim war, war er müde und hatte keine Ambitionen mehr, sich der künstlerischen Arbeit zu widmen. Hinzu kamen die schwankenden Einnahmen. Auftraggeber zahlten verspätet und manchmal auch gar nicht.

Was hatte er nun gewonnen? Für die Freiheit, nur für sich zu arbeiten, hatte er einen hohen Preis gezahlt. Es hatte sich nicht verbessert. Wenn das so war, könnte er auch wieder in ein Anstellungsverhältnis gehen.

Das moderne Büro- und Tagungshaus hatte inzwischen Insolvenz angemeldet. Die Eigentümer forderten ihn immer mal wieder auf, die Geschäftsführung zu übernehmen.

Als er nach langem Hin und Her die Einrichtung besuchte, sah er, welche Fehler das bisherige Management gemacht hatte. Es wäre für ihn ein Leichtes, es besser zu machen.

Vielleicht würde der Aufwand nicht ganz so hoch und er könnte dann nebenbei endlich künstlerisch arbeiten? Der künstlerische Teil in ihm protestierte. Trotzdem sagte er zu.

Es gelang ihm in kurzer Zeit, das Haus auf Kurs zu bringen und wieder rentabel zu machen. Dabei halfen ihm seine guten Kontakte in der Kongressbranche und seine Fähigkeiten im Marketing.

Das Haus war bald wieder in aller Munde und gut gebucht. Auch wegen der jetzt vorzüglichen Gastronomie. Gerald hatte hier das erste sachsen-anhaltinische Restaurant mit Spezialitäten aus der Region eröffnet.

Bald bekam man nur noch einen Platz, wenn man rechtzeitig vorbestellte.

Gerald war beruflich wieder zufrieden, doch das Gehalt wog den Verzicht auf seine inneren Ambitionen nicht auf. Er haderte mit sich, versuchte, kürzerzutreten, aber die Abläufe ließen das nicht zu.

Als er überraschend das Angebot bekam, Geschäftsführer eines neu zu bauenden Freizeitbades mit Saunalandschaft, Fitnessstudio, Restaurants und Diskothek zu werden, sagte er zu. Das Gehalt war so hoch, dass er nicht ablehnen konnte. Seine künstlerische Ader regte sich nun nicht mehr. Sie hatte jetzt wohl endgültig aufgegeben.

In der Bauphase war er ständig auf der Baustelle. Er beriet bei der Gestaltung der Räume, suchte mit dem Architekten das Inventar aus und feilte am Betreiberkonzept. Mit einer professionellen Marketingstrategie machte er die Magdeburger so neugierig, dass sie ihn bei Eröffnung regelrecht überrannten. Auch die Diskothek war von Beginn an ein voller Erfolg.

Die Gesamteinnahmen übertrafen alle Erwartungen. Der Investor war zufrieden.

Es lief wirklich gut, bis der Eigentümer begann, immer mal wieder Geld vom Betreiberkonto abzuziehen. Das war natürlich sein gutes Recht. Als Gerald aber Probleme bekam, Rechnungen von Zulieferern pünktlich zu bezahlen, intervenierte er. Der Investor beruhigte und vertröstete ihn.

Doch bald war trotz guter Erträge wiederholt nicht genügend Geld auf dem Konto, um die Löhne zu bezahlen. Immer wieder musste Gerald sich mit seinem Chef auseinandersetzen. Als der die Belegschaft gegen Gerald aufhetzte und ihm die Schuld an verspäteten Lohnzahlungen gab, kam es zum Knall. Gerald warf dem Investor Verantwortungslosigkeit vor und informierte die Mitarbeiter über den wahren Grund. Daraufhin erhielt er die Kündigung.

Für Gerald brach eine Welt zusammen. Nie zuvor wurde er gekündigt.

Die Gedanken in ihm schwirrten wild durcheinander, ließen ihn auch in der Nacht nicht zur Ruhe kommen. Wieder plagten ihn Existenzängste.

Erst am nächsten Morgen konnte er etwas Ordnung in seinen Kopf bringen. Er machte einen Termin mit seinem Anwalt. Der riet ihm zu einer Kündigungsschutzklage. Geralds Hoffnung, an seinen Arbeitsplatz zurückkehren zu können, dämpfte der Anwalt allerdings. Einziges realistisches Ergebnis könnte eine nicht unerhebliche Abfindung sein.

Gerald beruhigte sich etwas, doch ihn beunruhigte, dass sein guter Ruf in der Öffentlichkeit beschädigt werden könnte. Er verabredete sich mit Journalisten und schilderte ihnen seine Sicht der Dinge. Die Presseveröffentlichungen fielen dann für Gerald durchweg positiv aus. Aber was nützte es ihm?

In einer Stellungnahme der Gegenseite wurden die Kündigungsschutzklage zurückgewiesen und die Tatsachen total verdreht.

Er traute seinen Augen nicht. Wie konnte sein Ex-Chef dermaßen lügen? Das anschließende Gerichtsverfahren brachte ihm etwas Genugtuung. Sein Arbeitgeber wurde zu einer hohen Abfindung verdonnert.

Doch die Freude währte nicht lange. Trotz mehrmaliger Aufforderung ging wochenlang kein Geld ein. Gerald hatte sich in der Hoffnung auf die Abfindung nicht arbeitslos gemeldet. Er wollte kein Bittsteller sein und auf eine Unterstützung durch den Staat pfeifen. Das war gegen seine Ehre. Er fühlte sich stark genug, um selbst aus dieser Misere herauszukommen. Wieder musste seine Frau den Unterhalt für Haus und Kinder allein bestreiten. Von Woche zu Woche wurde es enger.

Silvia klagte nicht und versuchte, ihm Mut zu machen. Sie war davon überzeugt, dass sich alles zum Guten wenden würde, doch in der Presse erschienen plötzlich Meldungen über eine drohende Insolvenz des Freizeitbades. In Gerald hämmerten die Gedanken gegen seine Schläfen. Er konnte nicht mehr schlafen. Erst als er den deprimierenden Weg zum Arbeitsamt hinter sich gebracht hatte, beruhigte er sich etwas.

Das Arbeitsamt machte ihm allerdings wenig Hoffnung, in eine neue Arbeit vermittelt zu werden. Der junge Sachbearbeiter verwies auf sein hohes Alter und fehlende Stellen im Managementbereich.

Gerald war da zuversichtlicher, doch erst einmal drohte neues Unheil.

Der Investor des Bades war pleite. Eine Abfindung rückte dabei in weiter Ferne.

Geralds Ansprüche konnten zwar fünfunddreißig Jahre lang geltend gemacht werden, aber sein ehemaliger Chef hatte den Offenbarungseid geleistet und damit bekundet, dass er über keinerlei finanzielle Mittel mehr verfügte. Die Chancen, jemals etwas zu bekommen, standen schlecht.

Doch die schlechten Nachrichten gingen weiter. Die Krankenkassen hatte ihn als ehemaligen Geschäftsführer auf unterlassene Krankenkassenbeiträge verklagt.

Im Gerichtsverfahren schilderte er seine Situation. Obwohl er beweisen konnte, dass sein Chef die Gelder abgezogen hatte, wurde er zur Zahlung verdonnert. Gerald verlor sein Vertrauen in den Rechtsstaat.

Doch es kam noch dicker, in Presseinformationen wurde ihm eine Mitschuld am Konkurs des Bades gegeben. Damit trat das ein, was Gerald am meisten befürchtet hatte: die Beschädigung seines guten Rufes. Damit gingen seine Chancen auf dem hiesigen Arbeitsmarkt gegen null. Wie sollte es jetzt weitergehen?

War das vielleicht ein Wink des Schicksals, nun endlich anzufangen, zu schreiben und zu malen? Aber in Gerald regte sich nicht die leiseste Inspiration. Er hatte einfach keinen Schneid, alle Brücken abzubrechen und seinen Broterwerb von seinen künstlerischen Werken abhängig zu machen.

In Gesprächen mit seiner Frau lenkte er jetzt aber immer öfter das Thema auf ihren Sehnsuchtsort Ostsee. In Stellenausschreibungen hatte er gesehen, dass in seiner Branche an der Küste Führungskräfte gesucht wurden. Warum nicht schon jetzt das in den Blick nehmen? Sie waren sich schon immer einig, spätestens als Rentner ans Meer zu ziehen. Warum nicht schon jetzt?

Gerald begann sofort mit den Bewerbungen.

Haus mit Meerblick

Sollte sich der langgehegte Traum vom Leben am Meer jetzt doch schon früher erfüllen?

Gerald hat ein Vorstellungsgespräch in einem alten Fischerdorf direkt an der Ostseeküste. In seiner Fantasie formierten sich romantisch überzogene Bilder. Reetgedeckte niedrige Häuschen mit kleinen Blumengärten davor, duftende, den Elementen trotzende Kiefernwälder, sich schlängelnde malerische Straßen und Wege, die alle zum Meer führten. Meeresrauschen, das im ganzen Ort zu hören ist, und das weite unendliche Meer mit schreienden Möwen und einem Geruch nach Tang und Fisch. Ein tiefblauer hoher Himmel mit einem unbeschreiblichen Licht, das es sonst nur im Süden gibt. Und natürlich Menschen in weiß-blau gestreiften Fischerhemden, die ihm vor ihren Häusern freundlich zuwinkten. Entspannte, ausgeglichene, in sich ruhende Menschen im gesamten Ort. Zufrieden mit ihrem Leben strahlte das unweigerlich auf jeden Ankömmling aus. Man wird davon schon nach kurzer Zeit magisch ergriffen und kommt schnell in ruhiges Fahrwasser. Plötzlich wieder geerdet, ist man da, wo man herkommt und wo man hingehört: im Schoß der Mutter Erde, durchströmt von der Kraft der Elemente.

Als er in Gramütz mit dem Bus einfuhr, relativierte sich seine romantische Vorstellung. Noch beim Durchfahren eines riesigen Waldgebietes mit hohen alten Bäumen in vollem Blätterschmuck und von einem so reinen, üppigen Grün, dass es schien, als seien sie noch nass und glänzend vom Tau, stieg seine Spannung. Es war wie ein klassisches Vorspiel, nur dazu da, die Spannung immer weiter zu steigern. Wie durch einen Tunnel zu fahren, in freudiger Erwartung auf das gleißende Licht am Ende. Vorfreude auf etwas nie Dagewesenes, etwas einmalig Unbeschreibliches. Jetzt konnte nur noch Bilderbuchidylle kommen.

Was er stattdessen sah, war ernüchternd. Zunächst sah er am Straßenrand solche Häuser, wie sie auch in seinem Heimatort standen und rein gar nichts Romantisches an sich hatten.

Am Eingang des Ortes standen überwiegend Einfamilienhäuser aus DDR-Zeiten, im Einheitsgrau grob verputzt, ohne besondere Architektur.

Ein Satteldach mit roten beziehungsweise ergrauten Ziegeln, in der Mitte der Häuser ein Eingang mit unscheinbarer Tür aus mehrschichtigem Sperrholz, jeweils links und rechts davon weiße Plastikfenster. Das war alles.

In einigen Vorgärten standen ein paar abgebrochene Buhnen, der zunächst einzige Bezug zum nahe liegenden Meer.

Ein erster kleiner Lichtblick war dann nach einer Kurve in der Mitte des Ortes das Gebäude der Kurverwaltung. Man hatte versucht, diesen Neubau dem an der Ostsee weit verbreiteten Bäderstil anzupassen. Im Umfeld dieses

Hauses sah man dann doch noch Reste des ehemaligen Fischerdörfchens. Gleich gegenüber der Kurverwaltung ein niedriges reetgedecktes Haus, in dem ein Fleischer sein Geschäft hatte, und auch beim weiteren Durchfahren des Ortes tauchten hier und da ähnliche Häuser auf.

Auch alte Häuser im Bäderstil mit der klassischen Veranda lugten immer wieder zwischen den grauen Einfamilienhäusern hervor. Nur mit viel Fantasie konnte sich Gerald vorstellen, wie der Ort, der viele Kilometer entlang der Ostseeküste lag, früher einmal ausgesehen hatte.

Zunächst waren hier im 15. Jahrhundert nur zwei Höfe, deren Haupteinnahmequelle die Rinderzucht war. Um die Höfe herum bauten sich über die Jahre Fischer und Bauern ihre bescheidenen Häuser. Sie lebten vom Fischfang und der Kleinlandwirtschaft, der sogenannten Büdnerei.

Die Fischerhäuser mit kleinen Fenstern und stabilen Türen wurden mit Schilf, dem Reet, gedeckt. Aufrund der geringen Rohrdichte sorgte Reet für guten sommerlichen Wärmeschutz und gute Wärmedämmung im Winter. Da Reet nur langsam verrottet, hielten die Dächer mehrere Jahrzehnte. Auch den starken Winden trotzten diese kleinen niedrigen Häuser. Die Bewohner waren damit gegen die Extreme an der See gewappnet.

Auch die Natur, insbesondere die Bäume, hielten den Elementen stand. Sie beugten sich zwar im Wind, aber sie brachen nicht. Überall, vor allem in Küstennähe, sah Gerald die sich krümmenden Kiefern.

So wie auch die Bewohner.

Von Wind, Sonne und Kälte gegerbte Gesichter zeugten vom unbändigen Überlebenswillen.

Doch die Menschen enttäuschten Gerald zunächst. Als er an einem Gartenzaun eine ältere Frau nach dem Weg zu seinem Hotel fragte, schaute sie ihn misstrauisch an und gab ihm nur widerwillig Auskunft. Auch die Einheimischen, die er unterwegs traf, erwiderten seinen Gruß nicht. Viele schauten einfach weg, und erst als er vorbei war, stierten sie hinter ihm her.

Trotzdem verliebte er sich sofort. Er fühlte sich wie in der Heimat angekommen. Er sah nur das, was er sehen wollte. Ein Dorf innerhalb einer atemberaubenden Natur. Eine innere Stimme sagte ihm, dass er an der richtigen Stelle angekommen war und nur hier seine Zukunft lag, vor allem, als er nach dem Bezug seines Hotelzimmers im »Haus an den Dünen« durch den Küstenwald auf die Ostsee traf. Er taumelte regelrecht in Richtung Meer, immer in gespannter Erwartung, es nun endlich zu sehen.

Wie auf einer kitschigen Postkarte sah er dann einen strahlend blauen Himmel, die weiß schäumende Ostsee und majestätisch segelnde Möwen. Am Horizont ein dreimastiges Traditionssegelboot, dazu der sich vermischende Singsang von schreienden Seevögeln und das stetig klatschende Wellenrauschen. Es war wie ein Traum.

Um ganz sicherzugehen, kniff sich Gerald zweimal in den Arm. Aber das Bild blieb. Ergriffen ließ er sich in den warmen Sand sinken und saugte das, was er sah, hörte und roch, gierig in sich auf.

Als er aus seiner Erstarrung wieder zu sich kam, wusste er nicht, wie lange er so dagesessen hatte. Er schaute auf die Uhr und war überrascht, wie langsam die Zeit vergangen war. Er kannte keinen Ort, an dem die Zeit so träge vor sich hin plätscherte.

Gerald war glücklich darüber, dass es ihm gelungen war, seine innere, eigene Zeit zu leben und sich vom Diktat der Uhrzeit zu lösen. Ein unbeschreibliches Gefühl von Freiheit und Unabhängigkeit durchströmte ihn.

Schon früher, wenn er mit seiner Frau und den Kindern die Ostsee besuchte, war ihm das aufgefallen. Lag es am stetigen Wellenschlag, am säuselnden einschläfernden Wind, an den entspannten Seevögeln, oder war es der Geruch von Meer, Fisch und angeschwemmtem Seegras? Oder das Lecken des Wassers an den Strand und das sich immer wiederholende Umspülen der nackten Füße?

Wie in einer Endlosschleife lief alles ab. Irgendwie war es immer magisch, denn eigentlich geht es nicht, die Zeit anzuhalten oder zu drosseln. Im Gegenteil, gerade die schönen Momente gingen im Leben immer viel zu schnell vorbei.

Hier gelang es Gerald, immer wieder aufs Neue sein Leben, wenn auch nur für kurze Zeit, zu entschleunigen. Hinzu kam die Energie, die nur am Meer auf ihn überging, ihn so stark machte, dass er Bäume hätte ausreißen können. Hinzu kam die Inspiration, die ihn regelrecht beflügelte und seine Schöpferkraft explodieren ließ. Nirgendwo anders konnte er so viel schreiben und malen. Seine für ihn schönsten Bilder malte er immer nach dem Ostseeurlaub. Und auch Gedichte sprudelten dann nur so aus ihm raus.

Doch nach kurzer Zeit schon versiegte dieser Schöpferdrang. Mit den Jahren reifte deshalb in ihm die Erkenntnis, dass man nur, wenn man hier lebte, das auch auf Dauer hinbekam.

Mehr als einmal sagte seine Frau: »Wäre es nicht schön, wenn wir nicht zurückmüssten? Wäre es nicht wunderbar, eines Tages mit jemandem, den man wirklich gern hat, am Meer zu leben? Morgens voller Energie aufzustehen, wenn die Sonne aufgeht, und angenehm erschöpft ins Bett zu gehen, wenn die Sonne untergeht? Wäre es nicht toll, viele Verpflichtungen zu haben, ohne überhaupt zu merken, dass es Verpflichtungen sind? Wäre es nicht schön, tagelang nicht an sich selbst zu denken?« Mit jeder dieser Fragen wuchs langsam, aber stetig der Entschluss, irgendwann an die Ostsee zu ziehen.

Und nun hatte er einen Vorstellungstermin in diesem Paradies. Unglaublich.

In Gramütz hatte er sich für den Posten des Kurdirektors beworben.

Er war stolz darauf, dass er in die engere Wahl gekommen war und Gelegenheit bekam, sich vorstellen zu dürfen. Er hatte nur eine vage Vorstellung von dem, was ein Kurdirektor zu tun hatte. Aber er war davon überzeugt, dass die Aufgaben nicht viel größer sein könnten als die in seiner bisherigen Tätigkeit.

Das Gespräch sollte am nächsten Morgen beim Bürgermeister stattfinden.

Aus diesem Grund legte er sich früh schlafen, denn er befürchtete eine unruhige Nacht. Immer wenn er aufgeregt war, ließ der Schlaf auf sich warten. Er spielte dann die ihn am nächsten Tag erwartenden Situationen vorab schon mal durch. Das immer und immer wieder. Manchmal so lange, bis der Morgen schon graute, bevor er ein Auge zu machen konnte.

Doch diesmal war das anders. Bevor er sich ins Bett legte, schaute er vom Fenster aus auf das immer dunkler werdende Meer. Bald war die Nacht stockdunkel, sodass am tiefschwarzen Horizont die Küstenlinie und das Meer ein geschlossenes Ganzes bildeten.

Er ließ das Fenster offen und das Plätschern und Rauschen der Ostsee drangen in sein Zimmer. Dieses immer gleich klingende Geräusch der hin- und hergespülten kleinen Kieselsteine muss ihn sofort in den Schlaf gewiegt haben.

Er schlief so tief und fest wie schon lange nicht mehr. Am Morgen freute er sich über das für ihn ungewohnte Durchschlafen. Er fühlte sich erholt, voller Tatendrang, und ging selbstbewusst zu diesem Termin, hatte er doch reichlich Erfahrungen gesammelt, um in dem Badeort ein reges kulturelles und geistiges Leben zu organisieren. Er sah Gramütz wegen der dadurch steigenden Urlauberzahlen schon aus allen Nähten platzen.

Er wurde zunächst sehr herzlich von der Sekretärin des Bürgermeisters empfangen. Die etwas korpulente Frau mit schalkhaften Augen und sorgfältig frisiertem schwarzen Haar war sein Einstand in ein eventuell neues Berufsleben.

Mütterhaft kümmerte sie sich um Gerald. Sie ließ ihn im Vorzimmer Platz nehmen und stellte ihm eine Tasse Kaffee auf einen kleinen Beistelltisch.

Immer wieder verwickelte sie ihn von ihrem Schreibtisch aus in ein Gespräch. Ihre Fragen zeugten von echtem Interesse und waren nicht nur höfliches Geplänkel.

Der Bürgermeister war sehr nett und hatte rein gar nichts von den oft sturen und maulfaul wirkenden Einheimischen. Gerald konnte sich das nur damit erklären, dass er ein Zugezogener sein müsste.

»Hatten Sie eine gute Anreise? Sind Sie mit dem Auto gekommen?«, fing er ein freundliches und ungezwungenes Gespräch an.

»Nein, ich reise zu gern mit Bahn und Bus. Man hat viel mehr von der vorbeisausenden Landschaft und kann nach Lust und Laune lesen.«

»Da gebe ich ihnen recht, und man tut noch etwas für das Klima.«

Beim Plaudern hatten sie im Büro des Bürgermeisters Platz genommen. Die Sekretärin hatte noch einmal Kaffee nachgeschenkt und das Gespräch nahm an Fahrt auf.

Der Gemeindechef ließ Gerald von seinen bisherigen

Tätigkeiten berichten und sein ständiges wohlwollendes Nicken ließ Gerald zur Höchstform auflaufen.

Als er endete, war er sich schon fast sicher, dass er der richtige Mann für den Posten sein würde, doch der Bürgermeister bremste seine Euphorie lächelnd. Er wies ihn darauf hin, dass er nicht allein entscheiden könne und der Gemeinderat dabei ein Wörtchen mitzureden hatte. Außerdem waren noch andere Kandidaten zu Gesprächen eingeladen.

Er verabschiedete Gerald mit den nichtssagenden Worten: »Wir melden uns.«

Das aufmunternde Lächeln der Sekretärin beim Hinausgehen sah er nur noch schemenhaft, er fühlte sich verletzt und in seiner Ehre gekränkt.

Was hatte er erwartet? Dass sie ihn sofort einstellen und mit Lob überschütten würden?

Deprimiert stieg er die Treppe des Gemeindeamtes herunter. Nun sah die Welt auf einmal nicht mehr so rosig aus.

Beim Gang zu seinem Hotel versuchte er, sich den Ort schon mal hässlich zu machen, doch es gelang ihm nicht.

Im Gegenteil, als er in Richtung Strand über den Koppelweg lief und ihn eine fröhliche Ponyherde hinter dem Zaun begleitete, hatte er auch keine Lust mehr dazu.

Zu schön war dieser launisch gewundene Fußweg links und rechts von Salzwiesen gesäumt.

Bläulich schimmernde Wiesenblumen wirkten von weitem wie die Lavendelfelder in der Provence.

Er hatte Frankreich mehrmals bereist, nur um diese

duftenden Felder zu erleben. Es war für ihn ein Omen, dass er sie hier sah.

Die Häuser im Hintergrund wirkten verschlafen, und Mittagsruhe legte sich über den gesamten Ort. Kein Motorlärm störte die Idylle. Als Gerald dann in einer Duftwolke von Wildrosen die Dünen überquerte und das Meer endlos vor sich sah, wollte er nur noch kämpfen. Kämpfen um den Job, kämpfen um diesen Ort, den er sich als seine zukünftige Heimat gut vorstellen konnte.

Als er am nächsten Morgen abreiste, hingen tiefe Wolken am Himmel, Sturmböen pfiffen ihm um die Ohren, doch die winderprobten Bäume trotzten dem Wetter und auch Gerald war bereit, sich nicht unterkriegen zu lassen.

Zurück in Magdeburg schaute er schon am nächsten Tag in den Postkasten, aber wochenlang kam keine Nachricht aus Gramütz. Hektisch begann er, weitere Bewerbungen zu schreiben. Entlang der Ostseeküste studierte er die Ausschreibungen. Neben den Stellangeboten des Kurdirektors bewarb er sich als Geschäftsführer für Freizeitbäder und Betriebsleiter von Fitnessstudios. Sogar vor einer Bewerbung für einen Bürgermeisterposten schreckte er nicht zurück.

Wie ein Tiger im Käfig durchschritt er stundenlang sein Haus. Hin und Her. Immer zuerst zum Fenster mit Blick auf die Straße auf der Suche nach dem eintreffenden Postboten und dann zum bodentiefen Fenster zum Garten hin, ohne diesen wirklich wahrzunehmen.

Der Hund schielte ihn liegend an. Er schien die Verzweiflung zu spüren.

Wenn er am Abend mit seiner Frau und den Kindern beim Abendessen saß, berichtete er aufgeräumt von dem großen Interesse der angeschriebenen Gemeinden und Betriebe. »Heute hat mich der Geschäftsführer der Baltic GmbH angerufen. Ich solle die Geschäftsführung eines großen Freizeitbades in Rostock übernehmen«, log Gerald. »Ich werde aber erst einmal abwarten, wer das bessere Angebot macht.«

Anderntags sprach er von weiteren Zusagen. Er versuchte, mit gespielter Souveränität den Eindruck zu vermitteln, dass er ein gefragter Kandidat sei und er bald wieder zum Einkommen der Familie beitragen würde.

Zu seinen Kindern sagte er: »Das wird wunderbar! Wir wohnen dann direkt am Meer, können jeden Tag schwimmen und es uns am Strand gut gehen lassen. Wir werden einen romantischen Garten haben und die wasserliebende Martha eine riesengroße Badewanne.«

Mehrere Wochen vergingen. Als er kaum noch an eine gute Nachricht glaubte, kam eine erneute Einladung. Diesmal sollte er vor dem Gemeinderat sein Konzept zur besseren Vermarktung des Ortes darlegen. Er war damit einer von dreien, die in die engere Wahl gekommen waren.

Bis zu seiner Abreise formulierte er seine Vorstellungen und Visionen.

Mit gemischten Gefühlen reiste er wieder einen Tag

vorher an. Er ermahnte sich, sich nicht zu sehr auf ein Bleiben zu freuen und sich nach Möglichkeit nicht auf eine vorschnelle Beziehung zu dem Dorf einzulassen. Trotzdem konnte er es auch diesmal nicht erwarten, das Meer zu sehen. Demutsvoll saß er bis zum Sonnenuntergang am Strand und bereitete sich innerlich vor, vielleicht auch zu scheitern.

Seine Präsentation sollte im Gemeindesaal stattfinden. Als er dort ankam, war bereits ein Bewerber dabei, sich vorzustellen. Offensichtlich dauerte das länger als vorgesehen. Seine vorgegebene Zeit war bereits überschritten und die Tür noch verschlossen.

Gerald ging aufgewühlt den Flur auf und ab. Von einem Fenster aus sah er das silbrig glänzende Meer. Und je länger es dauerte, umso unsicherer wurde er. War der Kandidat so gut, dass die Gemeindemitglieder ihm so viel Zeit schenkten?

Als sich die Tür öffnete und einige den Raum verließen, versuchte er, in ihren Gesichtern zu lesen. Der Bewerber schien sie beeindruckt zu haben. Gestikulierend waren sie in lebhaften Gesprächen vertieft. Achtlos gingen sie an ihm vorüber, als wäre die Entscheidung längst gefallen.

Erst der Bürgermeister holte ihn aus seiner sich anbahnenden Depression.

»So, Herr Schellmann, dann woll'n wir mal. Die Mitglieder sind sehr gespannt auf Ihre Ausführungen.«

Freundlich geleite er Gerald auf einen Podiumsplatz.

Nach einer kurzen Vorstellung bekam dieser die Gelegenheit, sein Konzept zu präsentieren.

Mit viel Eifer zeigte er auf, wie er den Tourismus in Gramütz weiterentwickeln wollte. Dabei setzte er sowohl auf Ansiedlung von neuen touristischen Betrieben und qualitative Verbesserung der gegenwärtigen Angebote als auch auf eine koordinierte enge Zusammenarbeit aller touristischen Dienstleister, Gewerbetreibenden, Vereine und Einwohner.

Er lobte Gramütz besonders als einen der letzten Küstenorte, der noch komplett von Grün umgeben war, einer Natur, die wirkte wie ein ganz eigenes Land. Ideales Urlaubsgebiet für Naturliebhaber aus ganz Europa.

Und es gab, was ihn besonders freute, keine Hochhäuser und Bettenburgen.

Beim Vortragen der von ihm geplanten Werbemaßnahmen war die Aufmerksamkeit seiner Zuhörer besonders groß. Immer wieder nickten einige mit begeistertem Wohlwollen.

Am Ende wurde er mit Fragen bombardiert. Von seinem bisherigen Werdegang wollten sie etwas wissen, und ob er und seine Familie von Magdeburg nach Gramütz übersiedeln würden. Schon fast enthusiastisch zeigte er auf, dass er und seine Familie das Meer liebten und sich nichts sehnsüchtiger wünschten, als hier zu leben.

Dann war plötzlich Schluss. Und er hatte das Gefühl doch noch einiges sagen zu müssen, aber der Bürgermeister verwies auf die schon verstrichene Zeit. Da der dritte Bewerber bereits wartete, wurde er ziemlich abrupt verabschiedet. Das gefiel Gerald gar nicht und ließ ihn dann doch daran zweifeln, einen überzeugenden Vortrag gehalten zu haben.

Wieder fuhr er mit gemischten Gefühlen nach Hause. Und wieder wartete er tagelang auf eine Nachricht. Mittlerweile lief sein Arbeitslosengeld aus, und seine Verzweiflung ließ ihn regelrecht erstarren. Er hatte keine Ideen mehr.

An allen Ausschreibungen, die infrage kamen, hatte er teilgenommen.

Er wusste zum ersten Mal nicht mehr weiter. Nur mit Mühe gelang es ihm, sich nichts anmerken zu lassen. Vor der Familie spielte er weiter den aufgeräumten Papa und Ehemann, der das Glück hatte, sich seinen Traumjob aussuchen zu können.

»Ich habe mir schon ein paar Bauplätze direkt am Meer angeschaut«, log er erneut. »Wohnzimmer und Schlafzimmer mit Meerblick. Kannst du dir das vorstellen?« Dabei küsste er seine Frau zärtlich.

Kurzzeitig, vor allem, je öfter er das wiederholte, glaubte er fast schon selbst daran, wurde aber in stillen Stunden schnell wieder auf den Boden der Tatsachen zurückgeholt.

Bald konnte ihn nichts mehr zerstreuen. Selbst bei der Gartenarbeit, die für ihn immer Entspannung war, gelang es ihm nicht, die panische Existenzangst zu unterdrücken.

Seine Nächte waren gefüllt mit Alpträumen und wachem Blick. Darin gab es keinen Ausweg. Es sah alles trostlos aus.

Jeden Morgen aber, nach dem Frühstück, keimte immer wieder neue zarte Hoffnung, doch immer nur so lange, bis der Postbote durch war und wieder keine positive Nachricht brachte.

Gerald baute eine Art Schutzschild um sich auf. Er verdrängte Gedanken an die Zukunft. Er versuchte, im Hier und Jetzt ein normales Leben zu führen. Er flüchtete in eine kleine heile, aber brüchige Welt.

Immer mit den Gedanken, ja nicht körperlich abzubauen und durch einen Herzinfarkt darnieder zu liegen. Herzrhythmusstörungen in der Nacht und auch immer öfter am Tage signalisierten ihm die Notwendigkeit, sich zu entspannen und seine Kräfte für Zukünftiges zu erhalten.

Regelmäßig machte er seine Kraftübungen, ging Laufen und meditierte in Stunden des Alleinseins.

Er suchte Trost in seinen Büchern und kramte bewusst optimistische Geschichten heraus.

Ernest Hemingways und Herrmann Hesses Frühwerk war dafür sehr geeignet. Beide waren da am Anfang ihres Lebens und noch voller Hoffnungen in die Zukunft.

Dass beide später auch Selbstmordkandidaten waren, versuchte er zu vergessen.

Er vertiefte sich stundenlang in die Jugenderinnerungen Hesses und in die Abenteuer Hemingways.

Da bekam er eines Tages einen Brief des Bürgermeisters von Gramütz. Er traute seinen Augen kaum und musste das Schreiben immer wieder durchlesen: Er sollte der Kurdirektor dieser Gemeinde werden!

Der erste Arbeitstag war einer seiner schönsten Tage in seinem Leben. Fürsorglich führte der Bürgermeister persönlich ihn in sein neues Amt ein. Seine neuen Kollegen in der Kurverwaltung waren sehr aufgeschlossen. Als er das Büro betrat, stand dort Kaffee und Kuchen auf dem Konferenztisch.

Jetzt begann ein neues Leben. Neben der Einführung in seine neue Tätigkeit begab sich Gerald umgehend auf die Suche nach einem Haus oder Grundstück. Wichtigstes Kriterium war der Meerblick. Nichts konnte ihn davon abhalten, die Visionen von seinem zukünftigen Zuhause auch in die Tat umzusetzen. Wenn man seinem Traum schon so nahe ist, will man keine Kompromisse mehr eingehen.

Fast täglich lief er die infrage kommenden Standorte ab, immer wartend auf einen Fingerzeig des Glücks. Nirgends sah er Schilder über einen Verkauf eines Hauses oder Grundstücks.

Trotzdem klapperte er die Gegenden immer wieder ab. Irgendwann muss doch jemand vor die Tür treten und ihm sein Haus anbieten.

Seine bevorzugten Straßen waren »Am Küstenwald« und die »Strandstraße«. Fast alle dort stehenden Häuser hatten Meerblick. Das gab es im ganzen Ort in keiner anderen Straße.

Am Küstenwald favorisierte er vor allem ein Haus. Es stand nur wenige Meter von der Steilküste entfernt und war umgeben von einem kleinen Kiefernwäldchen.

Das Haus hatte sicher schon bessere Tage erlebt. Es war ein typisches DDR- Haus, grob verputzt und an den Giebelwänden mit Holzbrettern verkleidet. Das Holz war von der Sonne verblichen und glänzte silbrig. Die Dachziegel hatten vor allem an der Nordseite flächendeckend Grünspan angesetzt.

Die Fenster, ursprünglich weiß, hatten schon länger keine Farbe mehr gesehen und krümmten sich von den ständigen Witterungseinflüssen nach allen Seiten. Der Schornstein, auf dem die Möwen ihren Kot hinterlassen hatten, machte einen wackligen Eindruck.

Ein dürftig zusammengezimmerter Holzschuppen diente den überall herumscharrenden Hühnern als Unterschlupf. Ein alter, an mehreren Stellen beschädigter Wohnwagen ergänzte das dem Verfall preisgegebene Ensemble. Neben dem Hühnerstall stand oft eine Kuh.

Das Ganze hatte trotz des desolaten Zustands etwas Idyllisches. Wenn er den dort wohnenden Mann entspannt eine Pfeife rauchend vor dem Haus sitzen sah, bewunderte er die friedvolle Szene. Er sah sich dann selbst dort sitzen und zufrieden auf das Meer schauen.

Später erfuhr er, dass der Mann früher als Ingenieur gearbeitet und sogar einen Doktortitel hatte. Sein gut bezahlter Job hatte ihn so stark beansprucht, dass er kaum noch zu Hause war. Freunde und die Familie beklagten, dass er kaum noch Zeit für ein Familienleben und Unternehmungen hatte. Über die Jahre bröckelte der Freundeskreis und seine Frau ließ sich scheiden. Doch er machte immer weiter. Bis seine Schwester an Krebs erkrankte. Da musste er plötzlich zur Besinnung gekommen sein. Er schmiss seinen Job und nahm seine Schwester in seinem Haus auf.

Als die starb, wurde er zum Einsiedler. Er begann, sich in sich selbst zurückzuziehen, mied jegliche Kontakte. Er stellte sein Leben so um, dass er von niemandem abhängig war. Er bestellte sein Land, schaffte sich Tiere an und wurde Selbstversorger. Gerald mochte sich gar nicht vorstellen, was ihm durch den Kopf ging. Trotzdem beneidete er ihn für sein einfaches Leben.

Ihm wurde klar, dass er diesem Mann seinen Platz nie im Leben streitig machen würde. Es kam ihm gar nicht in den Sinn, ihn anzusprechen.

Bald musste er sich eingestehen, dass seine Suche nach einem Grundstück oder Haus mit Meerblick erfolglos blieb. Von Tag zu Tag wurde er nervöser. Zumal er zu Hause schon erzählte, dass er so gut wie sicher fündig geworden war. Er tröstete seine Familie damit, dass sie schon bald nachkommen konnten.

Als die Einheimischen ihn immer wieder bei Fragen nach Grundstücken und Häusern mit Meerblick mitleidig, ja sogar spöttisch anschauten, wandte er sich an den Immobilienhändler des Ortes.

Der begrüßte ihn aufgeräumt in einem spartanisch eingerichteten Büro, überzeugt davon, das Richtige für ihn zu finden.

Schon nach kurzer Zeit bekam er den ersten Besichtigungstermin.

Um seine Familie nicht länger hinzuhalten und um erste Ergebnisse zu präsentieren, lud er seine Frau und Kinder ein, daran teilzunehmen. Aufgeregt reisten sie an. Gerald wollte, dass sich auch die Kinder in der neuen Umgebung und Behausung wohlfühlen sollten. Zumal die größere Tochter keinerlei Ambitionen hatte, ihren Heimatort und die Freunde zu verlassen. Deshalb sollten sie bei der Entscheidung mitreden.

Das Haus, das sie besichtigten, lag in einer ruhigen Straße am Ortsende. Die Straße mündete an einem großen Waldstück. Gerald filterte sehr schnell die positiven Eindrücke heraus. Doch diese Idylle wog nicht auf, dass das Meer über zweitausend Meter Luftlinie entfernt war und hier nicht einmal das Meeresrauschen zu hören war.

Als sie dann gemeinsam das Haus betraten, stank es dort dermaßen nach Heizöl, dass sie trotz Beteuerungen des Maklers, die Heizungsanlage zu modernisieren, das Angebot ablehnten. Die große Tochter war so frustriert, dass auch der anschließende Spaziergang am Meer sie nicht davon abbrachte, einen Umzug kategorisch auszuschließen. Enttäuscht reisten sie wieder ab.

Als Gerald ein paar Tage später das nächste Besichtigungsangebot bekam und sah, dass dieses Haus noch weiter vom Meer entfernt lag, sagte er einen Ortstermin ab. Auch deshalb, da es sich hier um ein Neubaugebiet auf der grünen Wiese handelte und die Häuser dicht an dicht standen. Mehr als ein kleiner Vorgarten oder eine Terrasse waren dort nicht drin.

Der Makler runzelte die Stirn, und Geralds erneut ausgesprochene Bedingung, ein Haus mit Meerblick haben zu wollen, malte ein müdes Lächeln auf das rundliche Gesicht des Immobilienhändlers. Er würde sich um weitere Angebote bemühen, waren dann seine kühl vorgetragenen Abschiedsworte.

Das gestaltete sich wohl schwierig. Tagelang hörte er nichts von ihm.

Dann, nach scheinbar endloser Warterei, vereinbarte der Makler einen neuen Besichtigungstermin.

Als der ihm den Stadtteil erklärte, machte Geralds Herz einen Luftsprung. Dieses Gebiet lag gleich hinter den Salzwiesen in unmittelbarer Nähe der Ostsee. Er konnte den Termin kaum erwarten. Schon eine Stunde vorher war er dort und träumte sich in sein neues Wohnumfeld.

Mehrere reetgedeckte Häuser waren von malerischen Gärten umgeben. Es roch nach Wildrosen und Liguster. Die Häuser standen hier noch nicht lange. Sie sahen noch frisch und leuchtend aus. Auch die Höhe der Hecken und der Bäume zeugte davon, dass sie erst vor kurzer Zeit gepflanzt wurden. Das Wohnviertel war sternförmig angeordnet. Es gab einen kleinen Platz, von dem aus vier Straßen abgingen. Die Straßen waren nicht sehr lang.

Lediglich jeweils vier, in einem Fall fünf Häuser säumten die kurzen Straßen. Das Ganze sah aus wie ein kleines Dorf, umzingelt von Salzwiesen und Küstenwald.

Offensichtlich hatte die Gemeinde den Bebauungsplan hier so gestaltet, dass die ursprüngliche Bebauung mit reetgedeckten Häusern wieder aufgegriffen wurde und so ein fischerdorfähnliches Gebiet entstand.

Was für Gerald aber das Tollste war: Eine kleine, mit Panzerplatten belegte einhundert Meter lange Straße führte direkt an die Ostsee.

In der Ferne hörte man das Rauschen des Meeres.

Gerald fühlte sich sofort geborgen. Er kannte das: in einer fremden Wohnung aufzuwachen und sich augenblicklich geborgen zu fühlen. Mehr als einmal war es ihm so ergangen. Doch es hatte immer auch mit der Person zu tun, die ihn mitgenommen hatte.

Hier war es doch anders. Dieser unbekannte Ort, das fühlte er sofort, war imstande, ihn vollständig aufzunehmen. Sollt das sein Sehnsuchtsort sein?

Er lief aufgeregt durch das Viertel und versuchte, herauszubekommen, um welches Haus es sich handelte. Doch alle schienen neu bewohnt, und nichts deutete auf einen Verkauf hin.

Als dann endlich der Makler erschien, führte der ihn an das Ende des Stadtteils. Dort stand kein Haus. Nur zwei Carports begrenzten eine Bodenplatte. Ringsherum aufgetürmt lag von Unkraut überwucherte Muttererde. Hier sollte, so der Makler, ein Reihenhaus für zwei Familien entstehen. Da einer seiner Interessenten einen Rückzieher gemacht hatte, war der eine Teil des Hauses noch zu haben.

Gerald sah, auf der Bodenplatte stehend, die kleine Grundfläche des Hauses und den um die Hälfte reduzierten Platz für einen Garten.

Mit dieser Wohnfläche würde die Familie sich erheblich verkleinern. Die Kinder erhielten schmale Handtücher als Kinderzimmer. Auch in Magdeburg waren die Zimmer klein, deshalb hatte er die Kinder mit der Aussicht auf größere Räume geködert.

Obwohl Gerald die Lage gefiel, lehnte er das Angebot, ohne lange zu überlegen, ab.

Jetzt wollte er die Sache selbst in die Hand nehmen. Er schaltete kurzerhand eine Immobilienanzeige in der Ostseezeitung. In Erwartung zahlreicher Angebote wappnete er sich für einen Besichtigungsmarathon. Voller Vorfreude suchte er jeden Morgen die Poststelle auf und schaute in sein Postfach.

Doch wochenlang ging nicht ein Angebot ein. Als er schon nicht mehr daran glaubte, fand er eines Tages eine Zuschrift. Hastig riss er den Briefumschlag auf, er traute seinen Augen nicht: Es war das Angebot mit der Bodenplatte des hiesigen Immobilienhändlers.

Er war erstaunt über dessen Dreistigkeit. Schließlich hatte er ein Haus oder Grundstück mit Meerblick inseriert. Doch was sollte er jetzt tun? Anscheinend war der Immobilienmarkt mit seinen Ansprüchen leer gefegt.

Gerald rief aus reiner Verzweiflung den Makler an. Der meldete sich leutselig und wartete mit einer Neuigkeit auf. Der zweite Interessent für das Reihenhaus hatte ebenfalls einen Rückzieher gemacht, und nun könnte Gerald das gesamte Grundstück kaufen und auf der Bodenplatte ein größeres Haus bauen.

Ohne Makler sah Gerald sich am gleichen Tag noch einmal das Grundstück an. Und in der Tat, nun war ein Haus und ein Garten nach seinen Vorstellungen möglich.

Er stiefelte aufgeregt über das mit Beifuß, Klee und Giersch überwucherte Bauland. In seiner Fantasie baute er das Haus, natürlich auch reetgedeckt, und gestaltete den Garten mit Gemüsebeeten, Obstbäumen, blühenden Stauden und einem Teich mit Wasserfall.

Gerald sagte kurzerhand zu. Vor allem, da ihm die Zeit davonlief. Die Kinder sollten im kommenden Schuljahr schon hier zur Schule gehen, und auch seine Frau hatte ihre Arbeit in Magdeburg bereits gekündigt. Es war ihr zudem gelungen, für ihr dortiges Haus einen Käufer zu finden.

Jetzt musste alles sehr schnell gehen. Da ein Haus Stein auf Stein zu lange dauerte, entschied sich Gerald für ein Fertighaus. Er und seine Frau suchten sich ein Fachwerkhaus mit roten Steinen, weißen Balken und Reetdach aus.

Im Musterhaus des Herstellers rekelten sie sich auf den gemütlichen Sitzflächen direkt am Kamin. Das Haus würde wunderbar in das Viertel passen und für einen weiteren Blickfang sorgen.

Seine Tätigkeit als Kurdirektor beschleunigte die Vorbereitungen erheblich. Sehr schnell bekam er die Baugenehmigung, der Notartermin war vereinbart und die Terminkette der Gewerke stand. Nun konnte es losgehen.

Doch erst einmal tat sich nichts. Der Montagetermin des Baukörpers wurde von Woche zu Woche verschoben. Einmal gab es Probleme bei der Fertigung, ein anderes Mal lag es an der Transportkapazität.

Die ersten Male informierte er seine Familie über die Verzögerungen. Als aber seine Frau immer besorgter dreinblickte, fing er wieder an, zu lügen. Er berichtete von ersten Baufortschritten und verstrickte sich dabei so weit, dass er eines Tages die Fertigstellung des Rohbaus verkündete.

Nun ergab es sich, dass eine Freundin seiner Frau in dem Ostseebad weilte.

Silvia beschrieb ihr die Lage des Hauses und schilderte das Aussehen der neuen Bleibe. Die Freundin suchte das Haus und fand nichts außer einer Bodenplatte.

Als diese mit der Neuigkeit aus dem Urlaub zurückkehrte, blieben noch zwei Monate bis zum Schulbeginn. Jetzt hatte Gerald nichts mehr zu lachen. Er wurde kühl auf den nicht verschiebbaren Termin hingewiesen. In seinem Gehirn war die Hölle los. In ihm kreisten Bilder von Schlafstätten unter der Brücke, auf der Parkbank und in der Bahnhofshalle. Er sah seine Kinder frieren und ihn böse und verletzt anschauen.

In den Nächten wachte er immer wieder schweißgebadet auf. In seinen Träumen wurde er vor einem Tribunal angeklagt, seine Kinder zu vernachlässigen und in die Obdachlosigkeit zu treiben. Man nahm ihm die Kinder weg ohne Hoffnung, sie je wieder zu sehen.

Verzweifelt wandte er sich am nächsten Tag an die Baufirma und schilderte seine Lage. Doch die sahen keine Schwierigkeiten darin, bis zum 1. September fertig zu werden.

Eine Woche später hielten zwei große Sattelschlepper vor der Baustelle, und schon am Abend standen die ersten Wände. Drei Tage später stand die Hülle des Hauses. Auch das Dach war bald gedeckt. Nun sollte der Innenausbau beginnen. Wieder war tagelang kein Handwerker zu sehen. Jeden Tag rief er bei den Gewerken an und wurde immer wieder vertröstet. Mittlerweile war es nun schon Mitte August. Die Umzugsfirma war mit dem Magdeburger Hausrat auf dem Weg zur Küste. Im Haus sah es chaotisch aus. Zwar waren endlich die Handwerker angerückt, aber es war nicht möglich, irgendwo Möbel aufzustellen.

Die oberste Etage, in der sich auch die Kinderzimmer befanden, war nur mit einer Leiter zu erreichen. In keinem Raum war der Fußboden fertiggelegt, keine der Toiletten war funktionsfähig und es gab nur in einem Raum Strom.

Verzweifelt lief Gerald von Zimmer zu Zimmer, immer auf der Suche nach einer Lösung. Aber es gab keine.

Die Handwerker waren zwei Monate in Rückstand, und in ein paar Stunden kamen der Umzugswagen und seine komplette Familie.

Seine Frau war die Erste, die das unfertige Haus betrat. Entsetzt schaute sie sich um. Gerald erwartete mit klopfendem Herzen einen Schwall von Vorwürfen, aber Silvia blieb überraschenderweise ganz ruhig. Gefährlich ruhig. Sie wies die Umzugsfirma an, alles im Garten und unter den Carports abzuladen. Eigentlich war der komplette Wiederaufbau der Möbel gebucht und auch bezahlt. Als der Umzugswagen wieder abfuhr, begann Silvia damit, für sich und die Kinder ruhig ein provisorisches Nachtlager im Haus einzurichten. Gerald kam bei dieser Planung nicht vor. Er musste im Auto schlafen. Doch er war froh, so glimpflich davongekommen zu sein.

In den nächsten Tagen arrangierten sich alle mit dem Provisorium.

Die Kinder fuhren morgens mit dem Bus zur Schule, die ersten Möbel wurden unter dem Carport zusammengebaut, und Geralds Schwiegervater begann damit, den Garten anzulegen.

Sie hatten Glück, dass an allen Tagen die Sonne schien. So kam es, dass nach einigen Tagen der Garten zuerst fertig wurde.

Die Nachbarn staunten. In der Regel wird ja erst das Haus und dann das Umfeld fertiggestellt.

Sowohl die Nachbarn linker Hand als auch rechter

Hand sahen, in welcher Misere die Familie mit ihrem halb fertigen Haus steckte. Sie hatten Mitleid und boten an, bei ihnen im Haus zu duschen. Doch es war ein so sonniger Sommer und die Ostsee so warm, alle gingen am Nachmittag an den Strand und sprangen in die Fluten. Und plötzlich stellten sich Ruhe, Entspannung, eine Art sachter Urlaubsstimmung ein.

Von Anfang an fühlten sich alle im Viertel gut aufgenommen. Das hatte zuvor keiner erwartet. Die Norddeutschen hatten den Ruf, stur, verschlossen und unnahbar zu sein. Zunächst hatte Gerald mit Gleichgültigkeit und Missachtung gerechnet. Er war sich aber sicher, dass er und seine Familie nach einer gewissen Zeit die Herzen erobern würden.

Deshalb überrascht ihn das Verhalten. Doch es gab eine einfache Erklärung: Alle, die hier in diesem Viertel wohnten, waren erst vor kurzer Zeit hergezogen und damit ebenso Fremde.

Der Nachbar zu seiner Linken war Zahnarzt. Gunter Beyer hatte erst vor einem Vierteljahr die Praxis eines in Rente gehenden Arztes übernommen. Seine Frau Birgit arbeitete bei ihm halbtags als Praxishilfe. In der übrigen Zeit kümmerte sie sich um den Haushalt, den Garten, die Hühner und Enten. Auch ein Labrador gehörte zur Familie. Die beiden Kinder waren bereits erwachsen und studierten in Berlin und Hamburg.

Die Frau, Mitte fünfzig war sehr aufgeschlossen. Sie hatte ein freundliches Wesen und war trotz ihres Alters immer noch sehr attraktiv. Durch die Gartenarbeit hatte sie eine gesunde Gesichtsfarbe. Bei der Arbeit auf dem Grundstück sah sie wie eine hübsche, dralle, vor Gesundheit trotzende Bäuerin aus. Dann hatte sie etwas vollere Wangen, die von der Tätigkeit immer etwas gerötet waren.

Ihre Gesichtszüge wirkten hart und die Augenfalten schmälerten die schönen blaugrauen Augen etwas. Ihre braunen Haare wirkten immer etwas wild und zerzaust. So stellte sich Gerald eine Sennerin auf der Alm vor.

Er mochte solche natürlichen, etwas derben ungeschminkten Frauen. Machte sie sich aber für einen Ausflug oder eine Feier zurecht, verwandelte sie sich in eine elegante Frau.

Ihre Augen leuchteten dann unternehmenslustig und ein schönes Kleid bedeckte einen jugendlich wirkenden Körper. Da sie sich viel draußen aufhielt, war sie immer braungebrannt. Ihr Mann, den Gerald am Anfang nicht so oft sah, war sehr stolz auf seine Frau. Das spürte Gerald an Blicken, Berührungen und beim unbeschwerten Plaudern. Er war zunächst noch etwas reserviert, aber Jahre später wurde er für Gerald zu einer Art Lieblingsnachbar und einem guten Freund.

Es tat gut, ein solch harmonisches Paar in der Nachbarschaft zu haben. Wenn Gerald die beiden freudig winken sah, hatte er sofort gute Laune. Wenn er morgens zur Arbeit fuhr, war das ein guter Start in den Tag. Diese harmonische Beziehung in der Nachbarschaft wirkte sich auch auf Gerald und seine Frau aus. Auch sie gingen plötzlich ganz anders miteinander um. Zwar liebte Gerald seine Frau noch immer wie am ersten Tag, durch ihre bloße Gegenwart verlieh sie den geringsten Dingen einen unerhörten Wert. Sie belebte sein Leben so stark, dass er sehr oft zärtlich an sie dachte. Das zeigte er ihr jetzt wieder öfter, indem er ihre Hände hielt und sie küssend umarmte.

Dr. Beyer gab seiner Frau immer mal wieder einen Kuss auf den Mund. So zum Beispiel, wenn in einer geselligen Runde mit einem Glas Wein angestoßen wurde. Bevor sie tranken, gaben sie sich immer erst einen Kuss. Sie nannte ihren Mann »meine Sonne«, und die schien er auch für seine Frau zu sein. Wenn Gerald mal mit ihr und den Hunden Gassi ging, redete sie oft nur von ihm.

Auf der anderen Seite des Hauses wohnte das Rentnerpaar Drechsler. Der Mann war früher Journalist einer großen deutschen Zeitung. Seine Frau war ihr Leben lang Hausfrau, hatte fünf Kinder großgezogen und lebte jetzt ihren Traum vom Malen und Töpfern.

Sie malte das Meer in unzähligen Variationen: aufgepeitschte Wellen unter grauem Himmel, spiegelglattes Meer, blutrote Sonnenuntergänge, dahinschießende Segelboote und harmonisches Strandleben.

Sie formte fantasievolle Fische und Skulpturen.

Ihr Mann erfüllte sich jetzt seinen Wunsch, Bücher zu schreiben. Er hatte gerade einen Krimi veröffentlicht, der in grandiosen Naturkulisse in Gramütz spielte. Gerald war begeistert von der leidenschaftlichen Beschreibung ungezähmter Natur vor seiner Haustür.

Er teilt mit Jan Drechsler die Liebe zum Meer, zum vom Wind geformten Küstenwald, zu dem mystischen Moor und zur Literatur. Das Moor war dann auch der Ort, an dem die Leiche in seinem ersten Kriminalroman gefunden wurde. Gerald glaubte an eine Fügung des Schicksals. Auch er wollte in seiner neuen Heimat endlich wieder mit dem Schreiben und Malen beginnen. Doch das behielt er erst einmal für sich.

Wenn Ivon Drechsler morgens, noch bevor Gerald das Haus verließ, mit ihrer Staffelei loszog, freute er sich schon auf das neue Bild. Er schaute gern hinter ihr her, wenn sie in gerader Haltung in einem bunten Sommerkleid und Strohhut die Salzwiesen überquerte. Sie wirkte dann inmitten des blühenden Sauerampfers wie ein junges Mädchen. Wenn sie plötzlich angefangen hätte, ausgelassen zu hüpfen, hätte ihn das nicht gewundert. Sie verschmolz auf wunderbare Weise mit dieser Naturkulisse, war Teil von ihr. Wobei er genau wusste: Ließ sie sich am Abend nicht sehen, war sie mit dem Ergebnis unzufrieden.

Gerald liebte ihre Bilder. Etwas expressionistisch, auch naiv wie zum Beispiel Bilder von August Macke oder Gabriele Münter. Auch an Bilder von Henri Matisse und Claude Monet erinnerte ihre Malerei.

Über die Jahre hatte Gerald ihr einiges abgekauft und manches geschenkt bekommen. So hing im Flur »Segelboot im Sturm«, im Arbeitszimmer »Der Leuchtturm«, im Wohnzimmer »Weiter Strand« und in der Sauna »Unterwasserreflektionen«.

In seinem Bekannten- und Freundeskreis sahen nicht alle die Begabung der Künstlerin. Einige Nachbarn belächelten sie sogar etwas mitleidig. »Malen, was soll das? Ist doch brotlose Kunst. Kann sie nichts Besseres mit ihrer Freizeit anfangen?«

Dabei war sie in der Darstellung der Stimmungen und Umsetzung ihrer Empfindungen aus Geralds Sicht meisterhaft. Ihre Bilder vom Meer hatten den Duft und den Ton einer Seereise. Er spürte die Kühle, die Wärme die sprühende Gischt. Gerald war beeindruckt, wie sie mit ruhigem Blick die Dinge über die Zeit hinaus festgehalten hat. Ihr Pinselstrich, die fließende Farbe hat das Wesentliche festgehalten. Die Welt, auch wenn sie weiter vor die Hunde geht, bleibt in ihren Bildern für immer schön.

Er witzelte mit ihr oft über den zukünftigen Wert ihrer Bilder nach ihrem Tod. Immer wieder richtete er sie damit auf. Dann glänzten ihre Augen mädchenhaft und sie sah plötzlich so aus, als hätte sie jemand das erste Mal geküsst.

Auf der gegenüberliegenden Straßenseite wohnte ein Zollbeamter. Seine Frau war Verkäuferin in einer Boutique. Die Kinder der Familie Wolf waren bereits erwachsen und gerade dabei, das Elternhaus zu verlassen. Gerald sah sie nur selten. Der Mann war Gerald gegenüber von Anfang an reserviert. Gespräche am Gartenzaun gab es zwar, aber die waren stets kurz und unverbindlich.

Wobei Herr Wolf ein Faible für hübsche Frauen hatte. Auch mit Geralds Frau unterhielt er sich immer wieder gern. Er schwadronierte dann mit durchgedrücktem Rücken und eingezogenem Bauch den Zaun entlang. Auch die anderen Frauen des Viertels verwickelte er gern in ein Gespräch.

Gleich daneben wohnte ein Malermeister mit seiner äußerst hübschen Frau und zwei aufgeweckten Jungen. Er war zunächst im Gegensatz zu seiner Frau sehr wortkarg. Mit den Jahren änderte sich das. Gerald bewunderte es, dass dieser Mann sich seine Gesprächspartner sorgfältig aussuchte. Wenn ihm einer nicht passte, sprach er nicht oder ging einfach weg.

Warum aus Höflichkeit seine Zeit verschwenden? Gerald machte die spröde Umgangsweise neugierig. Schon immer waren ihm in sich gekehrte Menschen lieber als übersprudelnde Redner.

Er bekam bei solchen Menschen Kopfschmerzen. Über die Jahre hatte er eine Handvoll Freunde gefunden, mit denen er auch mal schweigen konnte. Für ihn zeichnete das eine Freundschaft aus. Wer das nicht aushielt, war es nicht wert.

In der nächsten Straße wohnte ein Rostocker Seemann. Dessen Frau war die meiste Zeit allein. Die Familie Harz hatte keine Kinder. Dafür wohnte aber die Mutter der Frau noch mit in ihrem Haushalt. In den ersten Jahren hatte Gerald kein Bild von dem Mann. Mit der Frau und der Mutter wechselte er gelegentlich ein paar Worte.

Die Mutter kannte sich mit Wildkräutern aus, und Gerald sog die Informationen gierig in sich auf. Er begleitet sie gern ein Stück ihres Weges und staunte, in welcher Fülle essbare Pflanzen in der freien Natur wuchsen. Besonders beeindruckte ihn der Wald als Apotheke.

Sie zeigte Gerald, dass die Blüten der Schlüsselblume Migräne und Kopfschmerz lindern, der Sud aus den Wurzeln des Weidenröschens bei Entzündungen der Mundschleimhaut hilft und der Tee aus geflecktem Lungenkraut Husten und Halsschmerzen vertreibt.

Aber auch diese krautigen Pflanzen, so ihre wachsende Sorge, leiden unter dem Zivilisationsdruck des Menschen und manche verlieren dadurch ihre wichtigsten Verbündeten, die Insekten, Hummeln, Falter und Bienen. Durch diese Frau wurde er sensibilisiert, wie wichtig die biologische Vielfalt in den Wäldern ist.

Da die Mutter schon über achtzig Jahre war, machte er sich immer Gedanken, wenn er sie mal längere Zeit nicht sah. Nicht nur einmal stand ein Rettungswagen vor ihrer Tür. Kam sie ihm dann am Strand oder im Wald lächelnd entgegen, reichte er ihr zufrieden die Hand. Sie liebte Geralds Hund, und wenn er mal ohne Martha unterwegs war, fragte sie besorgt nach dem Hund. So machten sie sich beide ihre Sorgen.

Neben dem Haus der Familie Harz wohnte ein Rechtsanwalt mit einer resoluten Frau und drei hübschen Töchtern. Die ganze Familie Epstein war sehr aufgeschlossen. Die Kinder boten sich an, den Kindern von Gerald und seiner Frau den Schulweg zu zeigen, und der Mann stellte, ohne zu zögern, Gartengeräte und Werkzeug zur Verfügung. Schon in der zweiten Woche kam die Frau mit einem selbst gebackenen Apfelkuchen.

Immer wieder bot sie sich zum Helfen an. Die Frau war Italienerin. Sie war in den sechziger Jahren nach Deutschland gekommen.

Durch sie lernte Gerald die toskanische Lebensart kennen.

Franceska pflegte mit Inbrunst die hoch gepriesene Küche der Toskana. Wenn sie mit Geduld und Leidenschaft Soßen und Eintöpfe über Stunden hinweg langsam köcheln ließ, Fleisch stundenlang im offenen Kamin briet und den ganzen Nachmittag lang Pastateig knetete, war sie in ihrem Element.

Gerald und seine Frau liebten ihre Einladungen. Beide freuten sich, wenn sie bei der Zubereitung mit einbezogen wurden. Er herrschte dann eine ausgelassene, unbeschwerte Stimmung. Durch dieses gemeinsame Kochen entstand eine tiefe Freundschaft. Nach und nach kamen weitere Nachbarn dazu.

So lernte Silvia, die schon immer gut kochen konnte, die große italienische Kochkunst kennen, und auch Gerald war bald in der Lage einen ganzen Tintenfisch zuzubereiten.

Gegenüber der Epsteins wohnte ein Bauingenieur mit seiner Frau und den zwei Söhnen. Sie waren die Einzigen aus Westdeutschland, die hier eine neue Heimat gefunden hatten. Das Vorurteil, Ostdeutsche und Westdeutsche verstünden sich nicht, traf hier nicht zu. Im Gegenteil, Maik Foth und seine Frau Irina suchten den Kontakt und die Geselligkeit. Auch sie organisierten regelmäßig Gartenpartys und erfreuten sich an dem Zusammenhalt dieser kleinen Gemeinschaft.

Ganz am Ende des Viertels, bevor die Salzwiesen begannen, wohnte noch die Familie Dörwald. Hans Dörwald betrieb eine Elektrofirma und seine Frau Gisela machte deren Buchhaltung. Am Anfang war der Kontakt zu dieser Familie spärlich. Da aber deren Sohn mit Geralds ältester Tochter in einer Klasse ging, sah man sich bald öfter. Vor allem, weil sich die beiden anfreundeten und bald unzertrennlich wurden.

Durch die glückliche Fügung guter Nachbarschaft, verbunden mit der einmaligen Wohnlage, lebte sich die Familie schnell ein.

Für Gerald erfüllte sich ein Traum, ein schlichter Traum vom Leben an der Ostsee in einem Viertel auf dem Land.

All diese Nachbarn waren ein liebenswerter Haufen. Sie saßen zusammen und lachten sich kaputt. Keiner dieser Menschen konnte es sich vorstellen, das Leben an einem anderen Ort als diesem zu verbringen. Ging einer wegen einer Scheidung, war er tieftraurig. Warum woanders hingehen, wenn hier alles ist, was man haben will?

Die Frotzeleien, die Witze, das Theater, das Geflunker – alles nur Spaß! Wie wunderbar. Wie lustig kann das Leben sein. Und wenn einer mal Probleme hatte und deprimiert durch das Viertel lief, dann war da gegenseitige Hilfe. Gerald fühlte zum ersten Mal wieder Heimat.

Dieses Gefühl hatte er lange nicht. An keinem seiner bisherigen Lebensorte hatte er es.

In stillen Stunden trieb es ihm schon mal Tränen in den Augen. Er fühlte sich heimgekommen an einem Ort, an dem er nicht geboren wurde. Der Ort hatte nichts gemein mit seinem Geburtsort, trotzdem weckte er Erinnerungen.

Sein Dorf war klein und auch landschaftlich unspektakulär gewesen. Es gab eine Dorfstraße, einen Bäcker, einen Schmied, einen Konsum, ein kleines Schulgebäude, in dem die erste und zweite Klasse in einem Raum und die dritte und vierte Klasse in einem anderen Raum unterrichtet wurden. Es gab bellende Hunde hinter grünen und blauen Hoftoren, früh am Morgen krähende Hähne und blökende Kühe und unendliche Felder und Wiesen. Und es gab abenteuerliche Orte, an denen er mit seinen Schulkameraden die ersten großen Abenteuer zu bestehen hatte. Aus diesen Streichen entstanden tiefe Freundschaften, die die Zufriedenheit mit diesem Ort begründeten. Diese Zufriedenheit kehrte nun in diesen Ort ein, an dem er nicht aufgewachsen war.

Hier, mit bald fünfzig Jahren, wiederholte sich Heimat. Wie in Bösdorf ging man auch hier auf einen Bolzplatz Fußball spielen. Man traf sich meistens sonntags, zwei Mannschaften kämpften verbissen gegeneinander.

Der Wettkampf wurde heftig geführt. Sie konnten sich aber nicht enthalten, ihre Sprüche zu klopfen, eine Schau abzuziehen. Sie wurden wie damals in seinem Dorf zu kindlich frotzelnden Klugscheißern.

Den ganzen Vormittag feuerten sie mit großer Wucht den Ball immer wieder auf das gegnerische Tor. Sie versuchten, den Gegner nicht ins Spiel kommen zu lassen, die Haare zerzaust, Sand zwischen den Zähnen, die Füße kaputt, Bauchschmerzen vom Lachen. Großartig gelaunt, herrlich erschöpft gingen sie mit stinkenden Socken und verschwitzter Wäsche nach Hause, um sich dort wiederzubeleben.

Sie standen unter der Dusche, das Wasser rann schmutzig braun vom Schädel. Oh, das tat gut. Danach ging es zu einem der Nachbarn, das Spiel beim Bier auswerten. Gerald fühlte sich wie ein Siebenjähriger in Bösdorf. Nur mit einem Unterschied – damals gab es nach dem Spiel köstliche Limonade.

So konnte es weitergehen. Eine schlichte, befriedigende Zukunft! Anstrengung und Erheiterung beim Fußball, körperlich voll ausgetobt, herzhaftes Sonntagsessen in Familie und dann plaudern mit den Mannschaftskameraden und Nachbarn unter dem Carport.

Bald verging kein Tag, an dem man sich nicht sah und miteinander schwatzte. Das Bedürfnis, sich zu treffen, wurde immer größer. Die ganze Gemeinschaft sprudelte fast über vor Ideen. Dieser Ort hatte das Beste in ihnen zum Klingen gebracht. So wurde mindestens einmal im Jahr eine Paddeltour organisiert. Das Gelächter und die Neckereien in den Booten hätte auch von einer Schulklasse kommen können. Auch ein Wildschwein am Spieß gab es jedes Jahr.

Bei großen sportlichen Ereignissen wie der Fußballweltmeisterschaft war es selbstverständlich, dass sie das Finale gemeinsam anschauten. Den ganzen Sommer lang gab es Gartenpartys, die immer mit ausgelassenen Tänzen unter dem Sternenhimmel endeten.

Und es gab jedes Jahr eine Schiffstour auf der Ostsee. Ein größeres Fischerboot nahm sie dann mit aufs Meer. Sobald es sich auf hoher See befand, wurden Segel gesetzt. Dann ließen die Fischer die mit Bleistücken beschwerten Netze in die leicht bewegte Flut gleiten.

Jede Stunde wurden die Netze eingeholt, und alle sahen, wie allerlei Fische mit glänzenden Schuppen und seltsames Meeresgetier aus der Tiefe ans Tageslicht befördert wurden.

Jeder Fischzug brachte eine neue Überraschung. Das Boot trieb dahin, nur vom Ruder gehalten. Jeder, der wollte, durfte es einige Zeit steuern. Viele Stunden verbrachten sie damit, aufs Meer zu schauen. Sie sahen, wie das Land kleiner und wieder größer wurde, schätzten die Zeit nach dem Stand der Sonne.

Die Stille und das wiegende Boot machte sie müde. In einer Art Dämmerzustand vergaßen sie, vom Licht geblendet, Zeit und Stunde. Unterbrochen nur vom Essen einer Erbsensuppe und genussvollem Trinken einer Flasche Bier. Die Sonne sank, und manchmal brachten sie die Fischer erst zu später Stunde an die Küste zurück. Alle liebten diese harmlosen, erholsamen und sehnsuchtsvollen Stunden.

In den Wintermonaten vertrieben sie sich die Zeit neben den Kochabenden mit Spielen am Kamin.

Gerald liebte die Jahreszeiten. Wenn er zufrieden durch seinen Garten lief, auf die beiden weiß blühenden Kirschbäume schaute und die Frühjahrsvögel bei der Wohnungssuche beobachtete, jauchzte sein Herz. Bald waren Amseln, Meisen und Rotkehlchen emsig bei der Arbeit. Fröhlich hüpften sie in den blühenden Bäumen und Sträuchern herum. Im Mai stellten sich gleichzeitig mit dem Kuckuck wilde Turteltauben ein. Vor allem an lauen Abenden, wenn es wie zum Greifen in der Luft lag, dass Saft und Wachstum stärker aufbrachen, gurrten sie leise am plätschernden Teich. Die Nachtigallen begleiteten seine Wonne lange Nächte über. Die ganze Nacht über sangen sie im dichten Laubwerk, in den weißen Kirschbäumen, im blühenden Liguster auf dem Nachbargrundstück.

Manchmal fiel warmer Regen friedlich und fast geräuschlos wie Freudentränen nieder. Wenn das Wetter unfreundlich wurde, schwiegen die Vögel, fingen aber sofort wieder an, wenn die Sonne durchbrach, die Winde wieder sanfter wehten und Hoffnung auf den nahen Sommer bestand.

Waren dann die jungen Vögel aufzuziehen, vernahm man sie nicht mehr.

Der Sommer war immer überwältigend. Draußen färbten sich die Salzwiesen gelb, es war kurz vor der Heumahd. Das Holz der zwei Weinranken am Giebel brach auf. Die Rebe zeigte ihre ersten Augen. Die Kornfelder waren grün und wiegten sich im Wind. Daneben die Rapsschläge, die das Auge blendeten und Gerald jedes Jahr aufs Neue zum Malen anregten. Unmengen von Insekten, Schmetterlingen und Feldvögeln regten und vermehrten sich unter dieser Junisonne. Die Schwalben füllten die Luft und abends, wenn sie zur Ruhe gekommen waren, flogen die Fledermäuse aus und erweckten die warmen Abende noch einmal zu neuem Leben.

Gerald liebte den Duft von frisch gemähtem Heu. Es erinnerte ihn an das Landleben seiner Kindheit in Bösdorf. Er war immer dabei, wenn gemäht wurde, war mit beim Heuwenden und ließ sich vom Wagen mitnehmen, der voll beladen heimwärts schwankte.

Mit diesem Geruch seiner Kindheit sah er hinter den gemähten Salzwiesen das Meer unendlich weit. Was könnte es Schöneres geben? Die Vögel flogen dichter an ihm vorbei und das berauschende Gefühl einer freieren Luft, einer größeren Weite hatte plötzlich etwas Unwirkliches.

Unmittelbar nach dem Heueinfahren wurden die Getreidefelder gelb. Sengende Sonne. Auf heftige Stürme folgte tiefe Windstille. Die Mittage waren drückend und das Bad im Meer mehr als eine Abkühlung. Die See an manchen Tagen blau, grau, schwarz, rot, lila, immer eine andere Geschichte erzählend. Die Sonnenuntergänge am

Strand so schön und ebenso immer wieder anders. Und die Nächte so magisch.

Dann der Herbst, der nicht mit seinen Farben geizte und ein Farbfeuerwerk entfachte. Danach die September-winde, die den ersten Bäumen und Sträuchern das Laub abriss. Gegenüber von Geralds Garten stand eine Gruppe großer Eichen. Sie wurden als letzte kahl und auch als letzte grün, behielten ihr rötliches Laub bis in den De-zember hinein. Auf ihnen nisteten die Elstern und Raben.

Jede Jahreszeit war schön. Selbst im Winter, wenn der Kreis des Jahres sich schloss. Man lebte mehr im gemüt-lichen Haus und sah sich den Dezembernebel und riesige Regenwände in wohliger Wärme durch das Fenster an.

Das Land umschloss ein Trauerkleid. Doch waren die Bäume erst einmal ganz kahl, konnte Gerald die Aus-dehnung des Gartens viel besser überschauen. Nichts machte ihn größer als leichter Winternebel. Es gab keine oder nur wenige Geräusche, aber jeder Ton war deutlich zu vernehmen. Die kalte Luft gab jeden Laut wieder, vor allem am Abend und in der Nacht.

Während der vier Wintermonate speicherte Gerald Er-scheinungen, Gerüche, Geräusche und Bilder, die ihn während der acht Monat des Jahres begeisterten.

Es hatte eine Weile gedauert, bis Gerald auch zu den altein-gesessenen Gramützern durchdringen konnte. Zunächst sah es so aus, als wäre das schnell getan. Wenn er mit seinem Hund spazieren ging, grüßten ihn die Leute mit einem Lächeln. Er staunte, wie einfach es war, die wortkargen und in sich gekehrten Nordländer zu erreichen. Doch bald merkte er, dass dieser Gruß nicht ihm galt. War er ohne Hund unterwegs, erwiderten die gleichen Leute seinen Gruß nicht. Mufflig drehten sie sich von ihm weg und gingen wortlos ihrer Wege. Aber schon am nächsten Tag strahlten sie ihn im Beisein seines Hundes an.

Gerald verstand die Begeisterung für seinen Hund. Auch er liebte Bernhardiner über alles. Trotzdem war er eifersüchtig. Es dauerte Jahre, bis er nicht nur als Hundehalter, sondern auch als Bewohner des Ortes akzeptiert wurde.

Das Leben im Viertel war perfekt. So hätte es immer weitergehen können. Doch nicht alle Menschen liebten offenbar die Harmonie und Idylle. Einige brauchten die Konfrontation, andere wiederum wurden von Neid und Missgunst zerfressen. Irgendwann zeichneten sich in der Gemeinschaft die ersten Risse ab. Wann das losging, wusste Gerald nicht mehr. Es begann mit kleinen Nadelstichen.

Sicher tratschte man auch in dieser Gemeinschaft einmal über den anderen, aber das war nie bösartig. Die Frau des Elektrikers, Gisela, gehörte allerdings nicht dazu. Sie stichelte immer ungenierter über die anderen Nachbarn. So meinte sie, dass der Bauingenieur größenwahnsinnig sei, weil er seine Firma immer weiter ausbaute und daneben in einen Windpark investierte. Sie echauffierte sich auch über das neue Auto der Beyers und den großen, neu gebauten Wintergarten der Drechslers. Immer öfter kritisierte sie die mangelnde Gastfreundschaft der Frau vom Malermeister.

Parallel dazu wurde unmerklich ihr Kontakt zu Geralds Familie immer enger. Der Sohn des Elektrikers und Geralds älteste Tochter verbrachten viel Zeit miteinander, und so sahen sich auch die Eltern öfter. Die Frau wurde bald eine feste Größe in den Abläufen der Familie.

Wenn morgens das Gartentor quietschte, war es Gisela, die ein Glas Marmelade oder ein frisch gebackenes Brot brachte. Bald gehörten sie und ihr Mann sowie deren Sohn zur Familie. Sie fuhren zusammen in den Urlaub, feierten Geburtstage und Weihnachten zusammen. Die Kontakte zu den anderen Nachbarn wurden spärlicher.

Die Dörwalds nahmen einen immer größeren Raum ein, und die bösartigen Seitenstiche fanden bald fruchtbaren Boden.

Irgendwann versiegten die Treffen mit den anderen Nachbarn ganz. Guten Tag und guten Weg war alles, was blieb. Im Nachhinein konnte sich Gerald das nicht erklären. Wie hatte er die liebgewordenen Rituale so einfach aufgeben können?

Die Arbeit in der Kurverwaltung machte ihm zunächst großen Spaß. Er begann mit der Planung von Großveranstaltungen für die Hauptsaison, kleine Events in der Nachsaison und mit der Sichtung neuer und ungewöhnlicher Spielstätten. Was aber für ihn höchste Priorität hatte, war das Kennenlernen der Gewerbetreibenden des Ortes. Nur wenn alle bei Neuem mitzögen, könnte man eine Nachhaltigkeit erreichen. Zunächst besuchte er alle Hotel- und Gaststättenbetreiber.

Anfangs stieß er auf viel Wohlwollen, alle hörten sich aufmerksam seine Visionen an. Doch sowie er geendet hatte, beeilte man sich, ihn mit unverbindlichen Floskeln wieder loszuwerden. Sie misstrauten ihm als Fremden, als Zugezogenem.

Kleiner Hoffnungsschimmer: eine Handvoll junger Unternehmer, die sich freuten, im Ort mal Neues auszuprobieren. Sie stimmten euphorisch zu, gaben aber zu bedenken, dass die Alteingesessenen am Alten festhalten würden.

Alle bisherigen neuen Initiativen wurden schon im Keim abgewürgt. Vor allem die von Gerald geplanten Neuansiedlungen hätten nach ihrer Ansicht keine Chance. Mit jedem Vorschlag scheiterte er im Gemeinderat. Es gelang ihm nicht, Neues zu etablieren.

Bald verlor er die Lust. Er hatte nicht vor, alte Strukturen zu verwalten und sich damit nur im Kreis zu drehen. Wie im Kulturhaus wollte er auch hier Neues entwickeln und umsetzen.

Gerald sah sich bald nach neuen Herausforderungen um. Er wollte seine Zeit nach wie vor nicht verplempern und etwas bewegen.

Am liebsten wäre er Biobauer geworden, aber seine Freundschaft zu einem Großbauern des Ortes hatte ihm gezeigt, dass man dafür viel gutes Land benötigte, und hier an der Küste war kaum noch was zu haben. Darüber hinaus waren die Grundstückspreise so hoch, dass erhebliche finanzielle Mittel aufgebracht werden müssten. So verwarf er diesen Traum schnell wieder.

Eine Firma in Rostock suchte einen Unternehmensberater, und da er gerade in der Führung von Unternehmen über einen großen Erfahrungsschatz verfügte, bewarb er sich. Als er in dem Vorstellungsgespräch auch auf sein Betriebswirtschaftsstudium hinwies, wurde er sofort genommen.

Er hatte vorwiegend die Aufgabe, Existenzgründern bei der Vorbereitung ihrer Unternehmen zu beraten und zu schulen. Die Kurse gingen immer über vier Tage.

In dieser Zeit sollte er den zukünftigen Existenzgründern das theoretische Rüstzeug zur Führung eines Unternehmens vermitteln.

Ein schweres Unterfangen. In dieser kurzen Zeit war es nicht möglich, das nötige Wissen weiterzugeben. Er konnte im Prinzip nur einen Überblick aufzeigen, worauf es ankam.

Nur die hoffnungsvollen Blicke der Teilnehmer hielten ihn davon ab, gleich wieder zu kündigen. Gerald mühte sich redlich. Ihm taten die Kursteilnehmer leid. Bei den meisten lief das Arbeitslosengeld aus. Sie wurden regelrecht gezwungen, etwas zu unternehmen.

Viele erfüllten die Vorausetzungen, ein Unternehmen zu gründen, nicht. Sie waren eigentlich schon gescheiterte Existenzen.

Ehemalige Arbeiter aus abgewickelten DDR-Betrieben, Mitarbeiter des sozialistischen Staatsapparates und Funktionäre staatstragender Parteien und Massenorganisationen.

Gerald vermied es, sie näher an sich ranzulassen. Er hatte Probleme, sich mit ihrem Leid auseinanderzusetzen. Wenn er sich intensiv mit deren Schicksalen beschäftigte, kamen oft schlaflose Nächte dabei heraus.

Er wusste von vornherein, dass auch die beste Idee seiner Zöglinge an der Finanzierung scheitern würde. Seine eigenen Mittel reichten nicht, um zu helfen. Im Gegenteil, das mühsam zusammengesparte Geld war für seine eigene Existenzgründung vorgesehen.

Auch für ihn gab es mittlerweile auf dem Arbeitsmarkt nicht mehr allzu viele Chancen. Er war sich zwar sicher, auf jeden Fall einen Job zu ergattern, aber machte ihn die Arbeit glücklich?

Er hatte in seinem bisherigen Leben immer das Glück gehabt, eine Arbeit zu haben, die er gern machte. Freunde und Bekannte, die ihren Job hassten, ermunterte er dazu, sich eine Arbeit zu suchen, die sie befriedigte. Doch jetzt merkte er, dass das nicht so einfach war. Hinzu kam, dass er gerade in den letzten Jahren immer in Konflikt mit den Eigentümern der Firmen und Einrichtungen geriet. Es fiel ihm zunehmend schwerer, unsinnige Entscheidungen mitzutragen.

Immer wieder lehnte er sich dagegen auf und fiel bald in Ungnade. Doch eigentlich wog er immer Entscheidungen aus der Sicht des Eigentümers ab. Wenn ich Besitzer der Firma wäre, würde ich so entscheiden?

Doch das wurde oft nicht gewollt. Über die Jahre reifte in ihm deshalb immer wieder der Gedanke, etwas Eigenes zu machen. Seine künstlerischen Ambitionen gerieten dabei stets ins Hintertreffen. Er traute es sich einfach nicht zu, von seiner Schriftstellerei leben zu können.

Einmal wollte er am liebsten ein Nobelrestaurant aufziehen. Das Ansinnen war manchmal schon so weit, dass er sich geeignete Objekte anschaute. Aber er hatte nicht den Schneid, es zu tun, und flüchtete immer wieder in eine Festanstellung.

Jetzt aber sah er den Zeitpunkt gekommen. Er war fünfzig Jahre alt, und es wäre die letzte Gelegenheit, etwas Eigenes aufzubauen. Ein Konzept hatte er schon einige Zeit in der Schublade. Gemeinsam mit seiner Frau und mit der Italienerin Franceska feilte er in hitzigen Debatten und Probekochen an einem schlüssigen Businessplan.

Es sollte ein B(io)istro werden. Mit rustikalen Tischen und Stühlen und integriertem Laden. Die Zutaten für die Küche und Produkte für den Laden kamen direkt von den Bauernhöfen der Region. Gerald hatte sich darüber hinaus einen ganz neuen Service einfallen lassen. Im Laden konnte man die von seiner Köchin kreierten Rezepte mitnehmen. Einzige Bedingung, man musste auch die dafür notwendigen Zutaten im Laden kaufen.

Die ausgesuchten frischen Produkte der regionalen Anbieter und die eigens von Gerald und Franceska angebauten Kräuter sollten je nach Rezept in einem hübschen Bastkorb angerichtet werden. Im Bistro sollte es ein täglich wechselndes Menü geben. Was gekocht wurde, entschied sich erst kurz vorher, je nachdem, was Jahreszeit und Garten gerade hatte reifen lassen. Eine gute Küche steht und fällt mit den Zutaten. Das hatte Gerald von der Italienerin gelernt. Sie hat immer betont, dass der Geschmack eines Gerichts viel stärker von den gekauften Zutaten als von ihrer Kochkunst abhing.

Immer wieder wies sie darauf hin, dass die Hauptarbeit mit dem Erwerb bester Zutaten bereits getan ist. So nehmen Bauern, Fischer und Jäger mehr Einfluss auf das Geschmackserlebnis als die Köche.

Mit Eröffnung des B(io)istros klapperte Gerald und Franceska täglich die Höfe und Märkte in der Umgebung ab. Und das, was am besten aussah, hatte Einfluss auf das Tagesmenü.

Vom ersten Tag an rannten ihnen die Leute die Bude ein. Die Bistrotische waren in der gesamten Öffnungszeit nie unbesetzt. Immer stand ein kleines Grüppchen vor dem Tresen und wartete geduldig auf einen freien Tisch. Die Gäste liebten Franceskas Rindfleisch in Rotwein geschmort, den Zander im Salzmantel, die frittierten Kichererbsenküchlein und die gebackenen Artischocken.

Wenn sie einmal selber das Essen an die Tische brachte, strahlte sie, als sei die Welt ein einziges Vergnügen.

Sie gestikulierte fröhlich mit den Händen und zündete mit weit ausholender Bewegung die Kerzen auf den Tischen an.

Gerald war jetzt auch beruflich glücklich. Immer mehr Mitarbeiter mussten eingestellt werden. Besorgt war er nur, ob Franceska diesen Stress lange durchhalten würde.

Doch auch hier fand sich eine Lösung. Eine Köchin saugte alle Informationen so begierig in sich auf, dass sie bald ebenso gut kochen konnte. Damit konnte Franceska etwas ruhiger treten.

Auch das übrige Personal entwickelte sich. Einer der Kellner war besonders verantwortungsbewusst. Schon mehrmals hatte er Gerald vertreten und seine Sache sehr gut gemacht.

Jetzt wollte sich auch Gerald etwas zurückziehen. Er fuhr nur noch drei Tage in der Woche ins Bistro. In der übrigen Zeit begann er nun endlich zu schreiben und auch zu malen.

Innerhalb eines Jahres hatte er sein erstes Buch fertig. Doch auch in dieser kreativen Phase gab es nicht nur Friede und Freude.

Es verdichtete sich das Gerücht, dass Gisela hinter dem Rücken von Gerald sein Unternehmen schlecht machte und Franceska und ihn als geldgierig und skrupellos bezeichnete. Gerald wollte es nicht glauben. In einer Aussprache verstrickte sie sich in Widersprüche.

Jetzt fiel es Gerald wie Schuppen von den Augen. Neid und Missgunst fraßen an der Frau und lenkten ihr Handeln auf Zerstörung. Ohne lange zu zögern, stellte er die Kontakte mit den Dörwalds ein.

Gerald suchte wieder den Kontakt zu seinen Nachbarn. Die nahmen ihn und Silvia auf wie verlorene Kinder.

Das Buch ist im Handel

Glücksgefühl über Glücksgefühl. Das Buch ist endlich im Handel! Eine einjährige Arbeit ist zu Ende und eine angenehme Leere macht sich breit. Das, was jeden Tag und auch die Nächte irgendwie bestimmt hat, ist plötzlich vorbei. Nächte voll mit Formulierungen in den Phasen ohne Schlaf, oft hellwach und konzentriert. Und auch der Tag sieht nicht anders aus. Schon der Gang ins Bad, prall gefüllt mit Gedanken, die erst bei einem Spaziergang mit dem Hund einigermaßen sortiert werden können.

Dann am Schreibtisch fließt erst einmal nichts …

Stockend kommen Worte aufs Papier, die weit abweichen vom Gewollten und ärgerlich wieder gelöscht werden. Tage ohne akzeptables Ergebnis. Zweifel am Handwerk und an Inspirationen, an Botschaften und Wiedergabe der Empfindungen. Dann wieder Tage mit großem Fluss. Euphorisch, stolz, innerlich aufgewühlt und glücklich, um an den darauffolgenden Tagen wieder in Pessimismus zu verfallen und alles infrage zu stellen.

Tage ohne Schreiben, aber immer voller Gedanken. Eine Art seismografischer Ausschläge mit Stimmungshochs und vielen Stimmungstiefs. Ein Fressen an den Eingeweiden, dem nur durch das Schreiben treffender Worte Einhalt geboten wird. Eine Qual, die aber manchmal so süß ist, dass man irgendwann danach süchtig wird.

Man kann nicht mehr aufhören. Wie in Trance lässt

man alles raus, was sich festgesetzt, schon verfilzt hat. Es löst sich auf und leert das Innere bis zur wohltuenden Ruhe. Die Entspannung danach – unbeschreiblich. Doch schon bald wurde das Herz wieder blockiert mit Gedanken, so schwer wie Steine. Warum nicht federleicht schwebend schnell einzufangen im unendlichen Kreislauf?

Nach diesen monatelangen Wechselbädern der Gefühle war es geschafft. Nun baute sich von Tag zu Tag eine Spannung auf, die ebenfalls in Zügen unerträglich war. Findet das Buch überhaupt Beachtung? Wird es gekauft und positiv aufgenommen?

In den ersten Wochen tat sich zunächst nichts. Die Verkaufszahlen waren überschaubar. Kaum einer nahm Notiz davon. Beruhigen konnte nur mangelnde Werbung. Um hier Gewissheit zu haben, gab es diverse Ankündigungen in der Presse und im Internet. Und siehe da, es tat sich was. Die Verkaufszahlen stiegen kontinuierlich. Wieder Glücksmomente. Als dann erste positive Rezensionen erschienen, großer innerer Jubel.

Doch der wurde abrupt gedämpft durch vermehrte kritische Bewertungen. Wieder Selbstzweifel und das Gefühl, unzulänglich zu sein. Nach dem Inhalt der kritischen Rezensionen zu urteilen, war das Buch nichts wert, reihte sich ein in die Rubrik »Bücher, die die Welt nicht braucht«.

Schlaflose Nächte voller Selbstzweifel plagten Gerald. Ist er in der Lage, Gefühle so zu Papier zu bringen, dass Leser sich darin wiederfinden, angesprochen werden, etwas mitnehmen können? Auch am Tage unruhige Gedanken, gepaart mit Herzklopfen bis zur Gefahr, innerlich zu zerspringen. Weitere Anhäufungen von kritischen Tönen. Unverständnis, Ratlosigkeit und plötzlich die Erleuchtung, dass hier Zeitgenossen, die sich in dem Buch wiedergefunden hatten, ihren Frust heruntergeschrieben haben. Obwohl die Charaktere und auch die Handlungen frei erfunden waren, haben sich einige eine Jacke angezogen, die nicht für sie bestimmt war.

Als nach diesen gehässigen und bösen Kommentaren plötzlich die Verkaufszahlen in die Höhe schnellten, stellten sich sogar wieder Glücksmomente ein. Formulierungen wie »sexistische Träume«, »sexuelle Fantasien« und »Perverse Darstellungen eines obergeilen, niemals werdenden Schriftstellers« brachten Amazon-Bestsellerränge zustande, von denen ein Freizeitschriftsteller nur träumen konnte. Lag der beste Rang vorher bei 300.000, so schnellte er nach den Veröffentlichungen auf 60.000 hoch. Damit lag das Buch zeitweilig fast auf gleicher Höhe mit »Feuchtgebiete« von Charlotte Roche. In diesen Momenten schöpfte man Kraft und sprudelte fast über vor Elan. Am wichtigsten aber waren die vielen positiven Rezensionen, die zeigten, dass das Buch verstanden und die Botschaft freudig aufgenommen wurde. Schließlich sollte es etwas bewirken und wenn es nur ein Nachdenken sei.

Die Anzahl der Rezensionen stieg weiter kontinuierlich an. Der Lektor reagierte überrascht. Für ihn war es sehr ungewöhnlich, dass das Buch eines Laien dermaßen viele Bewertungen bekam. Auch die Verkaufszahlen waren ungewöhnlich hoch. Aus diesem Grund bestärkte er Gerald, ein weiteres Buch zu schreiben.

Die Frau am Strand

Auf den täglichen morgendlichen Strandspaziergängen traf Gerald immer wieder eine Frau. Sie erinnerte ihn an eine Meerjungfrau. Meerjungfrauen leben in Gewässern, besonders gern im Meer. Mit ihrem Gesang können sie Seefahrer anlocken. An Land können die Meerjungfrauen aber auch normal gehen, in diesem Fall verwandeln sie sich in eine menschliche Frau. Männer verlieben sich sofort in Meerjungfrauen.

Schon als Kind träumte er von der Frau aus dem Meer. Lockend schwamm sie dann in Ufernähe und winkte mit der Schwanzflosse.

Nie traute er sich in seinen Träumen ins Wasser. Immer wieder hielt er den Drang zurück, zu ihr zu schwimmen. Er wusste, und da dachte er auch im Traum ganz rational, dass ein gemeinsames Leben im Meer und auch an Land nicht möglich war. Er kannte Versuche von Männern, ein Leben mit einer Meerjungfrau im Wasser zu führen, doch alle scheiterten, und in den meisten Fällen endeten sie mit dem Tode. Doch die Verlockungen waren so groß, dass sie den Tod in Kauf nahmen. Eng umschlungen ertranken sie dann in den Armen der Fischfrau.

Gerald war da realistischer. Er wog genau ab, was ihm eine Unbedachtsamkeit bringen würde. Er sandte der Meerjungfrau in seinen Träumen verliebte Blicke und gab sich dann mit dem Leuchten ihrer Augen zufrieden. Ihre Augen lächelten feucht und gleißend. Es war, als ob sie in ihrem Leuchten verschwimmen wollten. Und sie sang betörend.

Träume schwimmen in solchen Augen. Als käme der Blick von weit her, als suche er etwas, sagte aber nicht was. Doch wenn der Blick eine Stimme hätte, könnte er ein Flüstern hören: Ich begehre Dich. Doch sein Zögern zerstörte den Traum immer wieder vorzeitig. Enttäuscht verschwand die Meerjungfrau wehklagend in den Fluten. Und traurig erwachte er.

Und nun war diese Jungfrau dem Meer entstiegen und kam ihm jeden Morgen entgegen. Sie hatte dichtes blondes Haar und die braunen Augen, die er aus seinen Träumen schon kannte. Sie war lieblich anzusehen, und jedes Mal, wenn sie auf gleicher Höhe war, geschah etwas mit ihm, was er nicht erklären konnte: ein Gefühl, zusammenzugehören, sich schon ewig zu kennen, gleichgeschaltet, seelenverwandt zu sein.

Die Wissenschaft sagt, das Verhältnis der Keimzellen entscheide über die gegenseitige Anziehung von Mann und Frau. Das Verhältnis der zweigeschlechtlichen Keimzellen zu den beiden Organismen? Schon möglich, das bei Begegnungen mit einem weiblichen Wesen und dem plötzlichen Aufblicken und gegenseitigen Mustern damit etwas zu tun hat. Weil beide etwas gespürt haben. Doch dann gehen beide ihrer Wege. Auch jetzt spürte Gerald etwas, auch die Frau schien von ihm angetan zu sein. Sie grüßten sich freundlich, gingen aber beide in entgegengesetzter Richtung weiter.

Das wiederholte sich viele Male. Gerald bewunderte ihre gerade, aufrechte Haltung, die so gar nichts mit dem unteren Ende einer Meerjungfrau zu tun hatte. Erst wenn sie dann einige hundert Meter weit gegangen war, erschien es ihm, als wenn der untere Teil zu einem Fischkörper verschwamm.

In den Sommermonaten ging Gerald jeden Morgen schwimmen. Immer hielt er gespannt Ausschau nach der Frau. Nirgends war sie zu sehen. Wenn er dann im Wasser war, tauchte sie plötzlich aus dem Nichts auf und winkte ihm zu. Bevor er aus dem Wasser war, hatte sie ihren Weg schon wieder fortgesetzt und war nur noch schemenhaft zu sehen.

Als das Wasser immer wärmer wurde, stieg auch die Meerjungfrau nach dem Vorbeigehen in einiger Entfernung ins Wasser. Es war so weit weg, dass er Details ihres Körpers nicht erkennen konnte. Nachdem er sich angezogen hatte, passierte er ihre Badestelle, und diesmal winkte sie ihm aus dem Wasser zu. Er fühlte sich an seine Kinderträume erinnert und bekam Schwierigkeiten, Realität und Fantasie auseinanderzuhalten.

Diese Szene wiederholte sich den ganzen Sommer lang. Süß und schmerzlich zugleich. Und als die Herbststürme aufkamen, war es plötzlich vorbei.

Als er dann erfuhr, dass die Frau im Ort wohnte, war der Zauber dahin. Er war einfach enttäuscht, dass sie ein ganz profaner Mensch war. Gern hätte er seine Illusion fortgesetzt. Eine Sehnsucht zu nähren, war nicht nur schmerzlich, sondern gab ihm Auftrieb und Hoffnung, immer aufs Neue. Doch das gelang ihm nun nicht mehr.

Die Zeit mit Corona

Gerald kam erschöpft von der Runde mit dem Hund zurück. Der Ort war verwaist. Gestern wurden alle Urlauber das letzte Mal aufgefordert, den Ort zu verlassen. Selbst seine jüngste Tochter hatte hinter den Wischern ihres Autos mit Frankfurter Kennzeichen einen Brief des Bürgermeisters mit der Aufforderung, sofort nach Hause zu fahren. Da sie schon lange nicht mehr bei Gerald wohnte und mittlerweile eine eigene Familie gegründet hatte, kam sie der Aufforderung ängstlich nach und fuhr zurück nach Frankfurt.

In seiner Straße herrschte nicht, wie sonst im Frühjahr, emsiges Treiben in den Vorgärten. Stattdessen blind wirkende Fenster und verschlossene Türen. Kein Mensch war zu sehen. Der Ort schien die Luft anzuhalten.

Einziger Lebensbeweis, lustig tschirpende Spatzen, flatternde Meisen und Drosseln. Hier ging alles wie in jedem Jahr seinen gewohnten Gang: die Blaumeisen noch beim hektischen Liebesspiel, die Amseln schon beim Nestbau und die Spatzen in gewohnter Großfamilienformation.

Gestern wurde durch die Regierung verordnet, dass sich nur noch maximal zwei Personen gemeinsam draußen aufhalten dürften. Das tangierte die Tiere nicht. Sie bewegten sich wie immer frei und fröhlich auf Bäumen, in Büschen und auf den Wiesen.

Ironie der Geschichte: In der Vergangenheit hat oft der Mensch in das natürliche Gefüge der Tiere eingegriffen, mit Abschussquoten für Krähen, Rehe, Füchse, Kormorane. Der Wolf wurde sogar ganz ausgerottet, und jetzt, nachdem er wieder zurückkam, wurden die Stimmen nach Abschussquoten wieder lauter.

Nun hatte die Natur das menschliche Leben einschneidend verändert. Ausgangssperren, keine Ansammlung von Personen, kein Restaurantbesuch, Ausweisung von Touristen. Alle sollten sich nach Möglichkeit nur zu Hause aufhalten. So schnell kann sich die Situation ändern!

Als Gerald weiter über den Koppelweg in Richtung Ostsee ging, vernahm er kein durch Menschen verursachtes Geräusch. Kein Rasenmäher knatterte, keine Säge schrillte scharf, kein Auto startete hustend. Stattdessen ein leises Säuseln des Windes über den Salzwiesen. Gerald hörte sogar das sonst nicht zu hörende Hin und Her der Gräser und das Winken der Bäume und Büsche. So in etwa musste es gewesen sein, als der Mensch noch ohne feste Behausung Teil der Natur war und sich davon nur so viel nahm, wie er zu seinem Lebenserhalt benötigte.

Der Ostseestrand war menschenleer. Möwen und Strandläufer und eine Gruppe Enten unter sich. Gerald und sein Hund staunten ungläubig, sogar ein Wildschweineber jagt im Liebesspiel eine Bache den Strand rauf und runter. Die Tiere waren dabei, den frei gewordenen Platz ohne lange zu zögern einzunehmen. Er wunderte sich, wie schnell das ging. Woher wussten die Tiere von der neu gewonnenen Freiheit? Als vor einigen Jahren Geralds zweiter Hund Ludwig gestorben war, kam schon am nächsten Tag die weiße Katze der Nachbarin auf das Grundstück. Das Tier hatte es vorher nie gewagt, sein Territorium zu betreten. Die Katze war sogar so frech, dass sie durch die offenstehende Wohnungstür das Haus betrat und sich seelenruhig auf das Aquarium legte.

Als Gerald, schon auf dem Rückweg, den Wald betrat, auch hier ein ungewohntes Bild: Eichhörnchen, die sonst immer schnell ängstlich den nächsten Baum erklommen, hüpften ruhig und entspannt auf der Erde herum. Und auch die schreienden Häher bewegten sich lauter und ungehemmter. Als dann am Ende des Waldes sogar der sonst so scheue Rehbock einfach stehen blieb und sie neugierig musterte, war die Verblüffung perfekt.

Seit der Beschleunigung der Coronapandemie und der regressiven harten Maßnahmen der Regierung noch ein verblüffendes Bild: tagelang schon blauer weiter Himmel, ein so strahlendes Blau, wie es sonst nur in den südländischen Gegenden zu beobachten war, und eine Sonne, die die ganze Situation ad absurdum führte. Die warmen Strahlen umschmeichelten die Haut und stimmten trotz Ängsten plötzlich froh. Viele Betriebe mussten schließen, die Menschen verloren von einem Tag zum anderen ihre Arbeit und mussten zu Hause bleiben. Das öffentliche Leben wurde drastisch heruntergefahren.

Das Haus durfte man nur noch zum Einkaufen und Spazieren verlassen. Die Sonne spendete plötzlich Trost und ließ die ganze Situation nicht ganz so schrecklich wirken. In Italien starben an einem Tag tausend Menschen an dieser unbekannten Lungenkrankheit. Und wir spazieren in der Sonne und glauben an einen Alptraum, der nach einer unruhigen Nacht sicher wieder vorbei sei.

Am Nachmittag saß Geralds Frau mit einer Freundin im festgelegten Mindestabstand in der Sonne vor dem Carport. Daneben auf dem Nachbargrundstück die Nachbarin und eine weitere Freundin. Es gab Weißwein und eine, ja schon fast ausgelassene Stimmung bestimmte den Nachmittag. War das Galgenhumor?

In den Medien wurde die Lage dramatisch dargestellt. Immer mehr Menschen wurden mit dem Virus infiziert. Das Robert-Koch-Institut berichtete, dass der Höhepunkt der Pandemie noch nicht erreicht sei.

Gerald war laufen. Jetzt, wo er seine Tage zu Hause verbringen musste, kam er regelmäßig dazu. Das Joggen machte seinen Kopf frei, gab ihm Raum für neue Gedanken und Pläne. Vielleicht ein Wink des Schicksals, nun endlich mit seinem zweiten Buch fertig zu werden.

Mit siebenundsechzig Jahren bleibt nicht unendlich viel Zeit. Er wollte und musste seinen Nachfahren seine Sicht der Dinge hinterlassen und auch zeigen, wie sein Leben verlaufen war, und was sich daraus lernen lässt. Wie hätte er sich gefreut, wenn sein Großvater oder Vater Aufzeichnungen hinterlassen hätte! Sie würden doch noch viel mehr als jetzt in seinen Gedanken weiterleben. Unsterblich zu werden, der Traum seit Menschengedenken?

Im Wald auf seiner Laufstrecke waren ungewöhnlich viele Menschen unterwegs. Es hat ihn schon immer gewundert, dass Einwohner des Dorfes diesen Ort so selten aufsuchten. Hier unterwegs zu sein, unter den hohen

Bäumen, umgeben von der Stille des Waldes, war stets geheimnisvoll und regte die Tiefen der Seele an. Gerald war dann seinem Ursprung so nahe. Er fühlte die Verwandtschaft mit Tier und Pflanze, fühlte eigenartige Erinnerungen an das vorzeitige Leben, als der Mensch noch Teil der Natur war und sich dort seinen Lebensunterhalt erkämpfen musste.

Immer wieder kreuzten Menschen seinen Weg, schauten ihn verunsichert, ja sogar ängstlich an. Vor ihm ein hagerer älterer Mann mit seinem Dackel. Als er Gerald kommen sah, fing er an zu laufen, zog den Hund mit seinen kurzen Beinen unwirsch hinter sich her. An einer Wegegabelung bog er hastig ab. Kurzatmig ließ er den Läufer in geeigneter Entfernung vorbeilaufen. Erst dann setzte er seinen Weg wieder fort.

Immer wieder wichen ihm die Menschen aus. Sah er krank aus? Oder hatte die teils hysterische Berichterstattung über Ansteckungen auf der Straße dazu beigetragen? Tröpfchen sollen sich nach dem Ausatmen noch einige Zeit in der Luft halten?

In den Medien täglich Berichte von sich stapelnden Toten in Amerika, von Staus vor Friedhöfen in Spanien und hektischen Beatmungsversuchen auf Intensivstationen in Italien.

Gerald schaute einmal die Woche in seinen Betrieb in Rostock. Die Straßen waren menschenleer. Nur einzelne, surreal wirkende Menschen huschten vorbei. Immer wieder hatte er das Gefühl, sich mitten in einem Science-Fiction-Film zu befinden. Solche Filme über

Pandemien gibt es viele. Und jetzt war das die Realität. Auch in Deutschland sind über 500 Menschen an der Virusinfektion gestorben. Über 100.000 Menschen waren bereits daran erkrankt. Und der Höhepunkt war noch lange nicht erreicht! Mittlerweile kamen zu den gesundheitlichen Ängsten auch noch wirtschaftliche dazu. Die Menschen waren zu Hause und verdienten von einem Tag zum anderen kein Geld mehr. Staatliche Hilfen sollten das abmildern, aber sie kamen nur schleppend und reichten nicht, um den Lebensunterhalt wie bisher zu bestreiten.

Im Betrieb hörte Gerald, dass eine seiner Kolleginnen sich testen lassen wolle. Symptome wie trockener Husten machten ihr Angst.

Ihr ehemaliger Chef war vor Kurzem mit fünfzig Jahren am Coronavirus gestorben. Obwohl sie ihn schon seit Monaten nicht mehr getroffen hatte, reagierte sie panisch. Kein Wunder bei den täglichen Horrormeldungen. Wenn über die ersten Anzeichen dieser Krankheit gesprochen wurde, verspürte auch Gerald ein Kratzen im Hals, und wenn er nachts schwitzte, hatte er Angst vor Fieber.

Beim Laufen achtet er darauf, dass er nicht schon am Anfang kurzatmig ist.

Es war schockierend, zu sehen, wie anfällig die Menschheit ist. Immer wieder in der Geschichte wurden Millionen Menschen durch Krankheiten dahingerafft. Trotz technischer und wissenschaftlicher Fortschritte ist es dem Menschen nie gelungen, die Natur zu bezwingen. Im Gegenteil, immer wieder steht der Mensch als Verlierer da. Der Klimaschutz war vor der Pandemie eine breit angelegte Debatte weltweit. Das ging so weit, dass sich Schüler um die Schwedin Greta scharten und von der Politik endlich Taten verlangten. Aber außer ein paar halbherzigen Maßnahmen passierte nicht viel.

Dabei schien klar zu sein, dass zum Beispiel die Abholzung des Regenwaldes und die damit einhergehende Vernichtung des Lebensraums vieler Tiere Viren freisetzte, die sonst tief im Dschungel wirkten. Immer wieder kamen Vertröstungen auf später. Jetzt auf einmal wird man hellhörig und sieht erstaunt, wie sich die Natur schon nach kurzer Zeit wieder regeneriert, wenn der Mensch nicht eingreift. Kaum heben noch Flugzeuge ab. Der überregionale Handel stark eingeschränkt, Fabriken stoßen durch reduzierte Produktion weniger CO_2 aus, es sind wegen der Reisebeschränkungen kaum Autos auf den Straßen unterwegs. Im Radio wird immer wieder von Rehen und Wildschweinen auf der Fahrbahn berichtet. Auch hier schienen sich die Tiere ihr ehemaliges Territorium zurückzuholen. Das Ganze stimmte Gerald positiv. Vielleicht hatte das alles doch einen Sinn. Die Worte seines Freundes Hans fielen ihm ein: Jeder Nachteil hat einen Vorteil.

Gerald hörte aber auch Meldungen von Übergriffen auf Touristen. Sie sollten eigentlich das Land MV verlassen. Die, die noch da waren, wurden immer wieder angefeindet. Das begann bei Beschimpfungen, über anonyme Anzeigen, bis hin zu zerstochenen Reifen. Ja, das Land will gerüstet sein, wenn die Pandemie ihren Höhepunkt erreicht! Die Bettenkapazität in den Krankenhäusern reichte nicht auch noch für sich im Land aufhaltende Urlauber. Aber ist das ein Grund, so vorzugehen? Gerald kann nur hoffen, dass die Touristen nicht nachtragend sind und dem »Urlaubsland Nr. 1« nicht den Rücken kehren.

Auch diejenigen, die nicht direkt am Urlauber verdienen, leben indirekt vom Tourismus. Das weiß doch jeder, oder? Die ganze Region MV, und insbesondere die am Wasser, verdankt ihren Aufschwung dem Tourismus!

Nun, Tage später, plötzlich eine Rolle rückwärts. Immer mehr Videos tauchen im Netz auf, in denen man es bedauert, dass die Urlauber nicht kommen dürfen, doch man freue sich auf den Zeitpunkt, an dem das Reisen endlich wieder möglich wird. Hotels und Gaststätten protestierten vor der Staatskanzlei und forderten eine Lockerung der Beschränkungen. Jetzt, wo das Geld in den Unternehmen und auch bei den Ferienwohnungsvermietern knapp war, begriff man mit voller Wucht, was es für Auswirkungen hat, wenn die Touristen die Region nicht besuchen dürfen.

Als wenn das alles nicht schon schlimm genug war, begann Geralds dritter Hund Prinz von einem Tag zum anderen zu hinken. Gerald wollte sich gern vorstellen, dass das vom Toben mit seinen Hundefreunden kam. Wie die Wilden stürmten sie die Dünen hoch und runter. Vor allem die junge Hundedame Vicki reizte ihn immer wieder und forderte unablässig zum Spielen auf. Das ging so weit, dass sein Hundefreund Mateo oft dazwischen ging und versuchte, beide zu beruhigen. Wenn Prinz dann nach Hause kam, schlapperte er erschöpft Unmengen von Wasser und verbrachte den restlichen Tag mit Schlafen. Gerald machte sich dabei nie Gedanken. Im Gegenteil, er freute sich doch, dass Prinz gefordert wurde und damit sportlich blieb. Sein Tierarzt hatte das Herz des Hundes als das eines Sportlers bezeichnet. Wenn er mal schwerfällig lief oder etwas hinkte, hatte er das auf die Überlastung geschoben. Nach ein paar Tagen war davon nichts mehr zu spüren. Jetzt aber ließ das Hinken nicht nach. Auch Schmerztabletten verbesserten den Zustand nur zeitweilig.

Der Arzt begann, stärkere Schmerzmittel zu verschreiben, und wies darauf hin, dass der Schmerz nach ein paar Tagen verschwinden müsste. Als das nicht der Fall war, wurde das Bein geröntgt.

Gerald fuhr nicht mit zum Tierarzt. Aus Angst vor Unannehmlichkeiten für den Hund und vor einer schlimmen Diagnose hatte er eine Freundin gebeten, ihn zu vertreten. Sie und seine Frau hatten um die Mittagszeit den Termin. Gerald fuhr zur Arbeit und konnte sich dort mit den auftretenden Problemen so einigermaßen zerstreuen. Als er am Abend zu Hause eintraf, waren sie noch immer nicht zurück. Er wertete das als schlechtes Zeichen. Als sie dann endlich eintrafen und der Hund ihn freudig begrüßte, war er gerade im Begriff, sich etwas zu entspannen. Als er aber kurz danach das Gesicht seiner Frau und die schnelle Verabschiedung der Freundin sah, klopfte sein Herz bis in die Schläfen.

Prinz sollte Knochenkrebs haben. Der Tierarzt hatte empfohlen, dazu den Onkologen der Tierklinik in Rostock zu konsultieren. Wie die vorigen Nächte wieder Stunden ohne Schlaf! Zumal im Internet zu diesem Thema nichts Gutes stand und die Heilungschancen gleich null waren. Die einzige Möglichkeit, das Leben des Hundes zu verlängern, war die Amputation des Beins. Und selbst dann war nicht sicher, ob der Krebs nicht schon gestreut hatte und dieser Eingriff sinnlos war und nur zu Quälereien des Hundes führte.

Der Termin in der Tierklinik sollte in vier Tagen sein. Gerald freute sich am Tage, dass der Hund ziemlich munter war und nur zu Beginn der Gassierunde etwas humpelte. Er war unternehmungslustig und forderte Gerald immer wieder zum Spielen auf. Auch das traditionelle Bringen des Spielschweins und die Aufforderung, es ihm wegzunehmen, stimmten ihn optimistisch. Doch in der Nacht kamen ihm wieder die Zweifel. Er wunderte sich, dass der Hund nicht wie sonst öfter das Lager wechselte und auch nachts nicht mehr im Schlafzimmer erschien. Am Morgen stellte er fest, dass er seine Schlafposition außer einer geringfügigen Drehung nicht verändert hatte.

Jeden Morgen dann banges Hoffen, wie er wohl aufsteht und wie lange er das Bein nicht aufsetzt, und dann immer wieder Erleichterung und zartes Hoffen, wenn er nach relativ kurzer Zeit eigentlich wie immer lief, mit nur leichter Schonhaltung beim Stehen und Schnüffeln.

Dann kam der Tag, an dem der Termin bei der Onkologin sein sollte. Geralds Frau fuhr mit dem Befund dorthin. Und wieder ein ganzer Tag des Hoffens und Bangens. Jetzt konnte Gerald nur phasenweise nicht daran denken. Er stürzte sich zwar in die Arbeit, aber er konnte sich kaum konzentrieren.

Mit bangem Herzen fuhr er am Abend nach Hause. Er war nicht begierig, den Gesichtsausdruck seiner Frau zu sehen, doch als er sie sah, keimte Hoffnung auf. Sie machte diesmal einen entspannteren Eindruck als nach dem Röntgen. Gerald erwartete positive Nachrichten und wurde bald enttäuscht. Sie erläuterte ihm, dass die Ärztin die Diagnose bestätigt hatte, sich aber über die betroffene Stelle am Bein wunderte. Normalerweise liege der Knochenkrebs lokal etwas höher. Deshalb könnte es auch sein, dass sich ein Virus eingenistet hat. Der könnte mit Antibiotika behandelt werden.

Das könne aber nur durch eine Gewebeprobe und Blutuntersuchung herausgefunden werden. Sie hatte deshalb vorgeschlagen, eine Knochenentnahme durchzuführen. Wieder ein kleiner Hoffnungsschimmer, und wieder Tage des Bangens und Beobachtens.

Mit diesem Gefühl der Notwendigkeit, Gewissheit zu bekommen, brachten sie Prinz morgens in die Tierklinik. Am Nachmittag konnten sie ihn wieder abholen. Als der dann wie ein alter kranker Hund zaghaft und noch völlig benebelt aus der Tür trat, drehte sich den beiden das Herz um. Unabhängig voneinander schworen sie sich, dass Prinz hier nicht noch einmal erscheinen musste. Die nächsten Tage hatte er Mühe, aufzustehen und eine Runde zu laufen, erholte sich dann aber relativ schnell.

Auf den Befund mussten sie eine Woche warten. Argwöhnisch wurde jede Veränderung am Hund beobachtet. Aber den Umständen entsprechend liefen die Tage wie immer ab. Zwar gab es Zeiten, in denen er nicht so gut drauf war, aber wenn er mit seinem Spielzeug ankam, schöpften sie immer wieder Hoffnung.

Die Diagnose wurde auch nach der Knochenentnahme bestätigt.

Der Eingriff hatte gezeigt, dass der Knochen schon erheblich angegriffen und ein Beinbruch zu befürchten war. Prinz bekam stärkere Schmerztabletten. Die Lebenserwartung wurde auf nur wenige Tage berechnet. Beide waren verzweifelt und heulten nachts und auch am Tage um die Wette. Immer wieder legte sich Geralds Frau neben den Hund und streichelte ihn. Wenn sie dann ins Bett zurückkam, hatte sie Heulkrämpfe. So ging das einige Tage. Von Schlaf konnte keine Rede sein.

Dann fuhr Geralds Frau zum Tierarzt, um sich mit ihm auszutauschen. Als sie zurückkam, war sie gefasst. Gerald traute sich nicht, sie zu befragen.

Am nächsten Morgen eröffnete sie ihm, hemmungslos weinend, dass sie mit dem Tierarzt ein Einschläfern vereinbart hatte. Gerald stürzte aus dem Zimmer und bekam erst nach geraumer Zeit seine Heulkrämpfe einigermaßen in den Griff.

Nach über dreiundzwanzig Jahren plötzlich ein Leben ohne Hund. Die ersten Tage waren unerträglich. Überall fehlte Prinz. In der Nacht kein Geräusch, kein Schnaufen, kein Platzwechsel, kein braunweißes Knäuel vor dem Bett oder unter dem Tisch.

Morgens kein schwerfälliges Erheben und freudiges Schwanzwedeln. Kein gespanntes Warten, dass die Gassi-Runde endlich losgeht. Kein Treffen mit den anderen Hunden aus dem Viertel, keine Begegnungen mit denen, die immer zu gleicher Zeit unterwegs waren. Keine Beobachtungen der Rehe auf der Salzwiese. Kein gemeinsames Schwimmen im Meer, kein Toben am Strand und im Wald. Kein Mitschleppen von Holzstämmen im Maul des Hundes. Kein Warten am Wohnzimmerfenster auf den gefüllten Fressnapf, kein lautes Schlappern am Teich. Kein müdes Verabschieden beim Aufbruch zur Arbeit. Kein wartender Hund am Zaun und die freudige Begrüßung bei der Rückkehr. Keine Abend-Gassi-Runde. Keine Spielstunde mit Hahn und Schweinchen vorm Schlafengehen …

Nichts als Leere.

Über nichts konnten sie sich freuen. Was anfangen mit der nicht genutzten Zeit, mit der nun plötzlich zur Verfügung stehenden Freizeit? Ein morgendliches Joggen auf dem Weg, den Gerald früher mit dem Hund gegangen ist, endete mit wiederholten Weinkrämpfen an Stellen, wo beide über Jahre glückliche Momente erlebt haben.

Das Spazierengehen durch den Wald endete ebenso.

Es ging nicht anders, sowohl Silvia als auch Gerald mussten ihr Leben und die Abläufe neu organisieren. Da Gerald diesmal mit seiner Frau einer Meinung war, nicht noch einmal einen Hund anzuschaffen, um von vornherein ein Leiden auszuschließen, blieb ihnen nichts anderes übrig.

Zaghaft machten sie kleine Ausflüge, aber auch hier schauten sie immer wieder auf die Uhr, um die obligatorische Gassi-Runde nicht zu verpassen. Doch das wurde weniger und weniger. Nach einigen Monaten begannen sie, die neu gewonnene Freiheit etwas zu schätzen. Die Ausflüge wurden länger und mündeten in kleinen Reisen.

Doch nun drohte neues Unheil. Nachdem der Sommer nach der Wiedereröffnung der Betriebe noch ein schöner geworden war, schien ein zweiter Lockdown nicht mehr ausgeschlossen.

Da das Reisen ins Ausland stark eingeschränkt wurde, hatten sich viele damit arrangiert, ihren Urlaub im eigenen Land zu verbringen. Reisen an die Ostsee waren der Renner. Die Küstenorte waren voll wie lange nicht mehr. Sogar die umliegenden Orte, weit vom Meer entfernt, waren gut gebucht. Kleine Pensionen, Ferienwohnungen in unscheinbaren Dörfern profitierten von diesem neuen Reisetrend.

Großen Zulauf hatten auch sämtliche Campingplätze in Deutschland. Es gab einen regelrechten Boom auf Wohnmobile. Zeitweilig war nichts mehr zu bekommen. Und die Menschen waren trotzdem glücklich, glücklich darüber, überhaupt mal rauszukommen, glücklich, die Pandemie noch einigermaßen glimpflich überstanden zu haben. Und auch das Wetter spielte mit. Wochenlang blauer Himmel, ein Licht wie im Süden ließ die Menschen jubeln. Am Anfang schauten viele noch auf die Zahlen. Kaum Neuinfektionen und stagnierende Todesraten. Man entspannte sich immer mehr und bald dachte man an Corona nur wie an eine längst vergangene Zeit.

Auch privat wurde wieder durchgestartet. Silvia und Gerald trafen sich wieder mit den Nachbarn an der Strandbar, zum Baden und Volleyballspiel. In Geralds Haus war ein Kommen und Gehen. Die gemeinsamen Kochabende wurden wieder aufgenommen. Es machte Spaß, gemeinsam loszufahren und die Zutaten zu besorgen. Schon am Nachmittag heizte Gerald den Pizzaofen an und in der Nachmittagssonne wurde Obst und Gemüse geschnippelt, Teig geknetet und Wein für den Abend verkostet. Es war eine fast ausgelassene Stimmung. Sicher darin begründet, dass man etwas Unangenehmes hinter sich gelassen hatte und noch einmal davongekommen war. Gerettet wie auf einer Bootsfahrt auf hoher See mit unberechenbaren Stürmen und gefährlichen Gewitterwolken.

Die meisten Nachbarn gewahrten plötzlich, was man eigentlich besaß. Ein gutes Leben, mit Freunden, die gemeinsam durch dick und dünn gingen. Alle gingen behutsamer und liebevoller miteinander um. Sie schätzten das Glück der zufriedenen Gemeinsamkeit. Gerald, viele Jahre zurückgezogen, von seiner Arbeit besessen, hatte nie eine derart eng zusammengeschweißte Familie aus Freunden. Wenn er diesen bunten Haufen in seinem Garten sah, hätte er sich niemals träumen lassen, dass ihre Leben seines so bereichern könnte.

Doch das alles schien plötzlich lange her. Mit der Novembertristesse kam das große Erwachen. Die Zahlen der Corona-Infektionen schnellten wieder in die Höhe. Sie wuchsen von Tag zu Tag, bis auch bald die Rekordwerte vom März übertroffen wurden. Parallel mit der Einstellung des Wachstums der Bäume, Sträucher und Pflanzen wurde auch das gesellschaftliche Leben wieder eingestellt. Erneut mussten Betriebe schließen. Geplant war zunächst ein Monat. Aber die Zahlen sanken nicht. Zwar stiegen sie nicht mehr so schnell, aber sie stiegen. Alle schauten jeden Morgen hoffnungsvoll auf die Meldungen des RKI und wurden immer wieder enttäuscht. Die Ministerpräsidenten der Länder und die Bundeskanzlerin verabredeten eine Videokonferenz. Wieder sorgenvolles Warten. Nach vielen Stunden der Beratung das Ergebnis: Alle Betriebe werden geschlossen, und zwar so lange, bis eine Trendwende erreicht wird und die Zahlen zurückgehen.

Gerald war fassungslos. Schon die Schließung im März hatte an seinen Nerven gefressen. Doch da hatte er noch Reserven, und die Schließung war überschaubar. Jetzt sah das anders aus. Das Angesparte ging zur Neige und sein Blick aus dem Fenster bemerkte fallende Blätter. Er hörte das Zerren der ersten Herbststürme an den Schindeln des Daches. Er war dabei, zu verzweifeln, aber seine Frau richtete ihn immer wieder auf. Auch den anderen Unternehmen und deren Angestellten geht es nicht anders, sagte sie. Auch sie müssen mit dieser Situation klarkommen. Gerald versuchte sich in Optimismus. Er begann, seinen Laden zu renovieren. Das Parkett war in die Jahre gekommen und an vielen Stellen unansehnlich. Auch die Regale im Verkaufsraum waren teilweise marode. Gerald liebte den Bauhausstil mit seiner kubischen Formsprache, die geraden Linien, Formen und Farben.

Er entrümpelte alles, was eine Geradlinigkeit störte. Dabei halfen ihm seine Auszubildenden. Seine anderen Mitarbeiter hatte er in Kurzarbeit geschickt. Aber diese Regelung gab es für Lehrlinge nicht. So musste er sie beschäftigen. Er war froh, diese Aufgabe zu haben, sich nicht zu Hause einzuigeln, sondern nach vorn zu schauen. Den gesamten Laden zu modernisieren, aufzuhübschen, das machte ihm sogar Spaß. Dabei vergaß er die gegenwärtige Situation und träumte von einer spektakulären Wiedereröffnung.

Er träumte sich in einen Rauschzustand, sah lange Schlangen vor seinem Geschäft, vollgepackte Einkauftaschen und glückliche Gesichter an den Tischen im Bistro.

Parallel zu den Umbauarbeiten klapperte er die Biobauern der Umgebung ab. Immer auf der Suche nach neuen Produkten. Und er plante jetzt eine Herzensangelegenheit. Er gründete eine Stiftung, die Gärten für Schulen und Kindergärten förderte und Kinder das Obst und Gemüse selbst anbauen und verkonsumieren ließ.

Als der November sich dem Ende neigte, wurde Gerald hektisch. Der Parkettleger hatte länger gebraucht als geplant, und auch die Tischler waren mit dem Neubau der Regale und einzelner Möbelstücke noch nicht fertig. Als nur noch eine Woche bis zur Wiedereröffnung blieb, wollte er die in Kurzarbeit befindlichen Mitarbeiter aktivieren. Aber plötzlich geisterten Meldungen durch die Medien, dass auch dieser Lockdown verlängert werden sollte.

Jeder, der die steigenden Infektionszahlen las, hätte es eigentlich wissen müssen. Die Betriebe durften nicht öffnen.

Gerald wunderte sich, wie er diesmal damit umging. Obwohl die Reserven fast aufgebraucht waren, war er ruhiger und gefasster als beim ersten Lockdown. Was war los? Gewöhnte man sich langsam an den neuen Begleiter? Eher war es wohl ein Abfinden mit dem Unausweichlichen. Er konnte nichts dagegen tun. Warum sich also verrückt machen?

Ihm war bewusst, dass sie alle hier in ihrem Dreitausend-Einwohner-Dorf Privilegierte in dieser Krise sind. Die Horrormeldungen waren noch immer weit weg. Im Gegensatz zum ersten Lockdown traf man sich wieder. Gerald hasste längere Einsamkeit. Ja, er war schon mal gern allein, konnte sich mit sich selbst beschäftigen, malte und schrieb. Aber dann wiederum brauchte er die Geselligkeit.

Alles stand plötzlich auf dem Prüfstand. Corona ist wie eine Lupe, gnadenlos. Sie vergrößert alles Gute und alles Schlechte. Es hatte sich in dieser Zeit herausgestellt, wer enge Freunde waren und wer nicht: mit wem er reden konnte, wen er treffen konnte. Zwar machte auch einer aus dem Viertel die Tür zu, aber Geralds Enttäuschung hielt sich in Grenzen.

Er hatte es mit Freunden auch gern familiär. Dass das nicht alle wollten, verstand er. Zwar hatte er gedacht, die Freundschaft gerade mit diesem Nachbarn wäre enger, aber die Freude, dass alle anderen noch enger zusammenrückten, überwog. Corona machte die Beziehung noch inniger. So trafen sich die Frauen nicht wie früher, einmal in der Woche, sondern fast täglich. Man wollte mit jemandem reden, Probleme besprechen und die Krise auch mal ein paar Stunden vergessen. Es war angenehm, in der Tristesse das Lachen der Frauen zu hören. Gerald fühlte sich plötzlich sicher, in diesem Kreis von Persönlichkeiten, die sich nicht entmutigen ließen.

Und noch eins machte Mut und führte zum Gefühl von Geborgenheit: In diesem Jahr wurden die Häuser in der Vorweihnachtszeit noch liebevoller und früher als bisher geschmückt. Den Anfang machten Beyers schon Anfang Dezember. Ein breites Lichterspiel ließ die Fassade aufleuchten. Bäume und Sträucher wurden mit Lichterketten behängt und auf dem Rasen vor dem Haus stand ein beleuchtetes Rentier mit Schlitten. Alle anderen Familien folgten. Die Vorgärten leuchteten mit Einsetzen der Dunkelheit im Lichterglanz. Kahle Bäume und Sträucher versprühten eine festliche Stimmung. Einsetzender Schnee machte die Kulisse für ein paar Tage perfekt. Fast fühlte man sich wie in einer amerikanischen Kleinstadt. Offensichtlich wollte man sich Mut machen und ein wenig Freude verbreiten.

Mittlerweile war es Weihnachten. Und da Gerald die Kinder und Enkelkinder in seinem Haus hatte, kam so etwas wie festliche Stimmung auf. Doch diese Stimmung wurde immer wieder durch die Meldungen der Fallzahlen des RKI geschmälert. Immer mehr Menschen erkrankten und starben an dem Virus. Gerald hört jetzt nur noch selten Nachrichten, und als dann nach Weihnachten und Silvester die Geschäfte weiter geschlossen bleiben mussten, wunderte sich keiner mehr. Im Januar hatte die Todeszahl die 50.000 überschritten. An einem Tag starben über 1.000 Menschen. Täglich steckten sich über 20.000 Menschen neu an. Es wurde vor voreiligen Lockerungen gewarnt. Aufgrund einer Mutation des Coronavirus könnte es trotz steigender Impfquoten im schlimmsten Fall zu 100.000 Neuinfektionen pro Tag kommen. In der Wirtschaft und in der Gesellschaft machte sich die blanke Existenzangst breit. Man begann auf einmal, abzuwägen, was schlimmer sei. In den Krematorien in Sachsen stapelten sich die Särge mit Toten. Man kam nicht mehr hinterher, die Menschen zu verbrennen. Die Sieben-Tage-Inzidenz, die Ansteckungszahl auf 100.000 Einwohner, war auf über 500 Neuinfektionen gestiegen.

Spätestens jetzt war klar, dass die Betriebe weiter geschlossen bleiben mussten. Wichtigstes Ziel, so die Regierung, war, das Gesundheitssystem am Laufen zu halten und zu verhindern, dass Patienten keine lebensrettende Hilfe bekamen, weil die Intensivstationen überlastet waren.

Der Ärger und der Frust wurden immer lauter. Einziger Hoffnungsschimmer: der Impfstoff. Jetzt hoffte man, dass relativ schnell alle durchgeimpft wurden und dann das normale Leben wieder Einzug hielt. Doch auch hier wurden die Menschen enttäuscht. Es war nicht genügend Impfstoff da, und einige hatten beängstigende Nebenwirkungen. Damit war wieder kein Land in Sicht. Die von der Regierung versprochenen November- und Dezemberhilfen kamen nicht überall an, und wenn, dann zunächst nur mit Abschlägen. Auch für Geralds Betrieb wurde es langsam eng. Die eigenen Mittel waren aufgebraucht. Jetzt war die Existenzbedrohung auch bei ihm real.

Zwar beängstigte auch ihn, dass die Intensivstationen am Limit arbeiteten, an vielen Kliniken Aufnahmestopp herrschte und die britische Virus-Mutation sich auch in Deutschland breitmachte. Doch das alles war nicht so nah an ihm dran wie das Aus seines über fünfzehn Jahre gut laufenden Betriebes.

Dann plötzlich sanken die Infektionszahlen. Der Lockdown zeigte Wirkung.

Endlich der Lohn für die Bürger, die seit Monaten auf so vieles verzichten mussten. In der Presse: Corona ist eine Jahrhundertkrise, und die Ausdauer und Leidensfähigkeit der meisten Menschen schon jetzt eine Jahrhundertleistung. Es wird aber zu großer Enttäuschung führen, wenn Bund und Länder die Anti-Corona-Maßnahmen am Mittwoch über den 14. Februar hinaus verlängern werden.

Gerald schöpfte wieder etwas Hoffnung. Das große Ziel, der Inzidenzwert von fünfzig Neuinfektionen pro 100.000 Einwohner in sieben Tagen, war greifbar nahe. Regierung und Ministerpräsidenten tagten bis in den späten Abend und verkündeten dann, Gerald glaubte, nicht recht zu hören, eine Verlängerung bis zum 7. März. Plötzlich war von einem angestrebten Inzidenzwert von unter 35 die Rede.

Und auch nach dem 7. März wurde der Lockdown nochmals verlängert.

In der Bevölkerung brodelte es. Hatten vorher noch über sechzig Prozent die Maßnahmen der Regierung befürwortet, so waren es jetzt nur noch vierzig Prozent. Wut und Verzweiflung brach sich auch in den Medien Bahn. Waren die Beiträge vorher moderat und von Einmütigkeit in der Pandemiebekämpfung geprägt, so dominierten plötzlich die kritischen Beiträge. Unternehmer schilderten mit emotionalen Worten den Niedergang ihrer Firmen. Menschen schilderten ihren Lebensalltag und die daraus resultierenden psychischen und physischen Probleme.

Gerald hat in dieser Phase das Gefühl, dass er der Krise trotzt, sich mit dem Unabänderlichen abgefunden hat. Seine Frau Silvia bestärkt ihn darin. Auch viele andere litten unter den Schließungen. Alle mussten da irgendwie durch.

Gerald versuchte, sich mit Gartenarbeit, Malen und Schreiben abzulenken.

An einem Sonntag streifte er wieder einmal durch den Garten. Er schnippelte hier ein wenig an den Rosen herum, jätete in den Blumenbeeten etwas Unkraut und beobachtete die Wildbienen und Hummeln bei ihrem ersten Ausflug. Sie saugten gierig an den violett aufgeblühten Krokussen. Er teilte dieses Vergnügen per Video mit seinen Kindern und Freunden. Später berichtete seine Tochter, dass sein Kommentar dazu sehr kurzatmig schien. Aber das merkt Gerald nicht. Er wunderte sich nur, dass ihm die wenigen Handgriffe im Garten schwerfielen. Immer wieder ruhte er sich wegen eines komischen Gefühls im Rücken aus. Am Abend, schon im

Schlafanzug, wurde er immer unruhiger. Er kam nicht zur Ruhe. Es gelang ihm nicht, sich hinzulegen oder im Sessel sitzen zu bleiben. Ruhelos streifte er durch das Haus. Seine Frau Silvia befand sich zu dieser Zeit in der obersten Etage. Aus Angst machte er sich auf den Weg zu ihr. Plötzlich wurde ihm schummrig vor Augen. Er sackt zusammen. Das muss erheblichen Lärm verursacht haben. Silvia hockte plötzlich neben ihm und telefonierte mit dem Rettungsdienst. Als der endlich da war, hoben ihn die beiden Sanitäter auf einen Stuhl. Sie schienen nur an ein Unwohlsein zu glauben.

Gerald nimmt erst wieder ein hektisches Schieben der Trage und die Fahrt im Rettungswagen wahr. Bei der Fahrt durch Rostock schrillte das Martinshorn. In der Notaufnahme wurde er mehrere Stunden kathetert. Drei Stents wurden ihm gesetzt. Als er dann endlich wach auf der Intensivstation lag, hoffte er, aus einem Alptraum zu erwachen. Nach durchwachter Nacht erfuhr er vom Chefarzt, dass er einen schweren Herzinfarkt hatte und zweimal wiederbelebt werden musste. Gerald konnte es nicht glauben. Er, der immer gesund gelebt und viel Sport getrieben hatte, sollte einen Herzinfarkt gehabt haben?

Seine Verzweiflung schnürte ihn die Luft ab. Inmitten der lebenserhaltenden Geräte sah er für sich plötzlich keine Zukunft mehr. Er fühlte sich hilflos und ausgeliefert. Wenn es so reibungslos und vor allem schmerzfrei mit dem Tod war, warum nicht gleich alles beenden? Seine achtundsechzig Jahre konnten sich doch sehen lassen! Viele mussten viel früher sterben.

Aber hatte er diese Zeit richtig gelebt?

Seine Frau und die Kinder, die plötzlich alle da waren, ließen diese Gedanken verstummen. Jeden Tag saßen sie an seinem Bett und ließen keinen Zweifel daran, dass es weiterging, dass sie erwarteten, dass er bei ihnen blieb. Das rührte in bis in die tiefsten Winkel seiner Seele.

Es tat so gut, die Familie um sich zu haben. Wenn er die Mädchen und seine Frau an seinem Krankenbett sitzen sah, begriff er, was für ein Glück er mit diesen Menschen gefunden hatte. Alles andere war auf einmal bedeutungslos.

Auch die Freunde aus Gramütz und aus Magdeburger und Berliner Zeiten schrieben ihm Genesungswünsche. Diese Familie und diese Freunde, dafür lohnte es sich allemal, weiterzuleben.

An schlechten Nachrichten herrschte also im noch jungen Jahr 2021 wahrlich kein Mangel: Impfstoffknappheit, Dauerlockdown, Virusmutation – und dann auch noch ein Wintereinbruch, wie es ihn seit Jahren nicht gegeben hatte. Bis zu dreißig Zentimeter Neuschnee, starker Wind, meterhohe Verwehungen und klirrende Kälte. Tief »Tristan« bescherte alpine Verhältnisse. Ging die Corona-Krise mit der Klimakrise Seite an Seite?

Zufall oder nicht, es war eine kaum zu leugnende Parallele, dass das wichtigste Mittel zur Bekämpfung beider Krisen der Verzicht war.

Epilog

Mittlerweile sind viele Jahre ins Land gegangen. Die Ereignisse beginnen zu verblassen. Wenn ich sie hier nicht aufgeschrieben hätte, wären sie unweigerlich verloren. Untergegangen mit der Rückkehr der Menschen, die darin gelebt hatten, in die Erde.

Trennung und Zeit brachten den Beteiligten für immer Ruhe, sie haben einander verziehen und sind anscheinend glücklich geworden. Alle Freunde und Nachbarn sind nach wie vor zusammen. Einige sind etwas gebrechlich geworden, haben Krankheiten überstanden, aber ihren Lebensmut und die Freude am Miteinander nicht verloren.

Gerald hat sich aus dem Berufsleben zurückgezogen. Das nicht nur altersbedingt, sondern auch in der Überzeugung, dass er nicht für die Abhängigkeit von gesellschaftlichen Schranken geboren ist.

Er schreibt und malt und kümmert sich um seine Freunde und die Familie.

Er glaubt, dass er mit seiner gemächlichen Beschäftigung, mit der er seine Tage jetzt ausfüllt, genügend Übersicht gewinnt, um das Leben und Treiben der Menschen einschätzen zu können. Seinen Ansichten über viele Erscheinungen, in deren Beurteilung er sich früher immer ziemlich sicher war, hat die Zeit Gerechtigkeit widerfahren lassen. Er sah es immer als Pflicht, Strenge walten zu lassen, und hatte damit auch unbeabsichtigt

Menschen mit Geringschätzung bestraft, die sogar noch dort weiterkämpften, wo er schon längst das Feld geräumt hatte.

Für Gerald beginnt jetzt sein zweites Leben oder vielleicht jetzt erst sein richtiges Leben! Es ist nie zu spät, denn wenn es auch lange dauert, bis ein gutes Werk vollendet ist, er will es jetzt besser machen. Vielleicht sogar zum Nutzen der Mitmenschen.

Geralds Mutter hat ihm einst mit auf den Weg gegeben: »Das schönste am Leben ist die Suche nach dem, was das Herz begehrt. Doch noch viel schöner ist es, wenn man es gefunden hat.« Sie war es auch, die Gerald immer wieder aufgefordert hatte, nicht in die Vergangenheit zurückzublicken. Immer würde es etwas geben, für das es sich lohnte, nach vorn zu schauen.

Für kurze Zeit hält Gerald inne. Es herrscht eine fast unwirkliche Stille. Und wie am Ende eines Liedes die kaum noch hörbaren Akkorde verklingen, wispern nur noch die Amseln im Kirschbaum. Ihr lustiges Zwitschern des Tages ist verstummt.

Er fragt sich, was wohl aus den Freunden geworden ist, die sein Leben zeitweilig begleitet haben und dann zurückblieben. Er bedauert, den Kontakt nicht gesucht zu haben, weiß aber auch, dass es nicht möglich ist, alles Zurückgelassene mitzunehmen.

Hier am Meer spürt er die von der Vergangenheit gesättigte Erde und dass die Gedanken, wie weit sie auch zurückschweifen, immer in ihm bleiben. Alle sind sie noch da, seine Freunde und auch diejenigen, die es nicht gut mit ihm gemeint haben. Sie alle haben ihren Platz, ganz so wie in einer Galerie. Die für ihn wichtigsten Menschen gleich am Entree und die anderen in den hinteren Bereichen.

Bei diesen Gedanken überkommt Gerald ein großer Friede. Das Meer ist immer da. Es fließt durch ihn hindurch – durch seine Vergangenheit, die Gegenwart und auch die Zukunft. Dieser Lauf der Dinge ist festgelegt.

Nachdem die erste Auflage seiner Kurzgeschichten-sammlung „Verpasste Gelegenheiten und andere Miss-verständnisse" schon nach kurzer Zeit vergriffen war, hat der in Graal Müritz lebende Autor Günter Tiede jetzt seinen ersten Roman vorgelegt.

In dem Buch „Haus mit Meerblick" schildert Tiede das Leben in der DDR, die Wendewirren und die Pro-bleme im vereinten Deutschland:

In der Mitte seines Lebens muss sich Gerald entschei-den: Kann seine Karriere ihn noch glücklich machen? Was erwartet er vom Leben? Dabei hat seine berufliche Laufbahn, nach zunächst unbeschwerten erotischen Abenteuern in der ehemaligen DDR glänzend angefan-gen. Nach dem Studium wird er angesehener Leiter des größten Kulturhauses des Landes und auch die Frauen sind ihm nie abgeneigt.

Mit der Wende kommen Herausforderungen, die er scheinbar spielend meistert. Er könnte sich entspannt zurücklehnen, doch sein innerer Drang, immer etwas Neues zu erschaffen und vorwärtszugehen, führen ihn in eine Sackgasse. Aber es gibt etwas, von dem er schon lange träumt: Es ist das Haus am Meer, in dem er end-lich seine künstlerischen Ambitionen verwirklichen kann. Gerald bricht also alle Zelte ab und stürzt sich mit seiner Familie in ein neues Abenteuer an der Ostsee.

Dieser Roman erzählt episodenhaft vom Leben des jungen und gereiften Gerald, wie er immer neue Her-ausforderungen sucht, dass ein oder andere Mal schei-tert, und doch nie den Mut verliert, wieder aufzustehen. Immer wieder eckt er bei DDR-Funktionären und Bürokraten im vereinten Deutschland an, übersteht aber die Konsequenzen. Selbst als Corona seine Existenz bedroht und er einen schweren Herzinfarkt erleidet, gibt er nicht auf. Er begreift, dass das wichtigste im Leben nicht Ruhm und Anerkennung ist, sondern die Liebe der Familie.

„Haus mit Meerblick" ist nicht unbedingt ein Wende- bzw. Coronaroman. Es ist eher ein Roman über die Sehnsucht nach einem erfüllten Leben, tiefer Freundschaft und Glück, für das es niemals zu spät ist.